보헤미안을 기다리는 저녁

시작시인선 0514 보헤미안을 기다리는 저녁

1판 1쇄 펴낸날 2024년 10월 31일
지은이 이중동
펴낸이 이재무
기획위원 김춘식, 유성호, 이형권, 임지연, 차성환, 홍용희
책임편집 박예솔
편집디자인 민성돈, 김지웅, 정영아
펴낸곳 (주)천년의시작
등록번호 제301-2012-033호
등록일자 2006년 1월 10일
주소 (03132) 서울시 종로구 삼일대로32길 36 운현신화타워 502호
전화 02-723-8668
팩스 02-723-8630
블로그 blog.naver.com/poemsijak
이메일 poemsijak@hanmail.net

ⓒ이중동, 2024, printed in Seoul, Korea

ISBN 978-89-6021-786-7 04810
       978-89-6021-069-1 04810(세트)

값 11,000원

보헤미안을 기다리는 저녁

이중동

천년의
시 작

새로운 길 앞에 서면
늘 두렵고 설렌다

당신이 거기 있고
내가 여기 있고

우리가 함께했던
그 어디쯤에

끝내 사라질
티끌 같은 흔적 하나 남긴다

2024년 가을
이중동

차 례

시인의 말

제2부

제3부

제4부

해 설

제1부

화문花紋

한바탕 가을비가 지나간 날
철제대문 페인트 틈으로 비치는 녹물을 본다
빗물이 바람의 씨를 받아 꽃을 피운 것일까
늦가을 마른 꽃 같은 무늬가 생겼다
대문 사이사이 꽃들이 바람에 서걱거리고 있다

저문 들길을 걷다가 마른 쑥부쟁이꽃을 본 적 있다
향기 피워 낸 자리마다 쪼그라든 생을 붙잡고 있었다
잎과 잎이 빛과 바람을 들이고 낼 적마다
영겁永劫의 각질이 한 겹 한 겹 쌓여 가고 있었다
빛과 바람은 쑥부쟁이꽃을 쪼그라들게 한 욕망이다

팔순 아버지의 얼굴에도 마른 꽃이 피어 있다
하늘의 별들이 명멸하고
수심愁心이 비바람처럼 가슴속을 들락거리는 동안
거뭇거뭇 마른 꽃이 피어났다

대문에 번지는 저 녹물은 수심의 그늘
저물녘 새 한 마리가 마른 꽃을 쪼고 있다
저 새 또한 우주의 문밖을 통과한
시간이 피운 꽃의 잔상인지도 모른다

분홍돌고래

그녀의 등지느러미에선 파도 소리가 들린다
물살을 가르는 지느러미 사이로
넘실대는 남중국해의 푸른 물결이 보인다
온몸을 짓누르던 수압과
한순간에 지워진 바다의 항로를 기억하는 일은 전설이다
그녀가 이국의 강을 거슬러 오를 때
강은 그녀의 유일한 본능이었다
맨몸의 가계와 거친 모국어를 잊기 위해
시력은 흐려지고 주둥이는 줄어 갔다
강은 오를수록 목줄을 좁혀 왔다
수심을 가늠하지 못한 그녀의 지느러미도
점점 힘을 잃어 갔다
강물은 마르고 우기는 오지 않았다
더 오를 수도 없는 강의 끝에는
조련사의 호각 소리가 그녀를 기다리고 있었다
바다로 향하는 길은 보이지 않았다
이제 그녀가 보내는 음파는 누구도 알아듣지 못한다
다시는 바다로 돌아갈 수 없는 향수 때문에
그녀의 몸은 노을빛으로 변해 가고 있다

마력의 기원

초록이 사라진 사막에 햇볕만이 숨을 몰아쉬고 있다
갈기 듬성한 말 한 마리 걸음을 재촉하는데
윤기를 잃은 발굽은 힘을 쓰지 못한다
야생에 길든 짐승은 편자가 없어도 길을 나서야 하고
체념에 젖은 발걸음을 쉽게 놓아주지 않는다

수레에 실린 수심은 일생을 비워도 무겁고
묶인 동아줄은 종일토록 조여도 헐겁다
광야를 넘어온 모래바람이 발목을 붙잡고
거친 숨소리는 문틈을 파고드는 바람 소리 같다

사막에 발걸음을 내디딘 지 몇 해,
야성을 잃고 마력魔力으로 살아온 한 생애
모퉁이를 돌아온 바람이 푸른 소식을 전하지만
언제부턴가 그는 초원에 대해 말하지 않았다

어둠은 발목을 묶고 길은 쉽게 허락하지 않는데
마력을 잃은 길짐승이 가야 할 곳 어디인가
언덕을 넘어가면 서걱거리는 눈들의 안식처
동여맨 몇 근의 폐지와 힘을 잃은 발목 사이에서
지친 발걸음만이 그의 마력을 기억하고 있다

압화押花

시간도 공간에 오래 가두면 숨이 멎는다
지나간 기억을 제 안에 감금한 채
빈방 얼룩 벽에 걸려 있는 괘종시계

저 침묵은 누구의 임종을 닮았는지
희미한 기억조차 소환하지 않는다

새벽을 여는 미명과 오후의 그늘
달빛마저 차단한 어둠을 켜켜이 숨긴 채
긴 잠에 빠져 있다

그리운 이름 늘어진 태엽에 감고
분주했던 날들 소리쳐 불러도 미동 없는 시계추

이 방에만 들어서면 호흡이 빨라진다
창살에 갇힌 고요의 입술로
전하고 싶었던 마지막 한마디,

천둥의 긴 꼬리와 유성의 흔적을 찾을 때까지
가는 신음으로 시침을 밀어 올려 본다

>

정지된 맥박을 고쳐 짚고
침묵의 길을 끝내는 날까지
기진하게 걸어갈 발바닥의 흔적이 아프다

대답 없는 이름을 다시 부르면
수만의 생채기 아물 수 있을까

지나간 통증을 벽에 가두고 벽이 된 괘종시계
그 침묵은 잊혀진 압화의 긴 울음이다

통증의 건축일지

전기톱 소리가 요란하게 울린다
계곡 물소리는 메말랐는지 들리지 않는다
후투티가 우관羽冠을 세우고 요란스러운 걸 보면
오래 살던 집이 쓰러졌나 보다

쓰러진 거목들이 비탈로 끌려가고
비명을 실은 트럭의 엔진 소리가
천년 동굴 같은 골짜기를 가득 채우고 있다
목수의 대패질 소리에 잠시 눈을 감으니
절간이 멀지 않은지 목탁 소리도 들린다

석공의 망치 소리에 계단이 올라가고
붉게 타는 노을을 배경으로
잘 다듬어진 기둥들이 주춧돌 위에 세워진다
목수와 석공의 연장 다루는 소리로 보아
이 집은 큰 기와집이 될 것이다

끌 치는 소리가 전두엽 근처에서 울린다
이마에 구멍이라도 나면 잘 지어진 집도
기억 속에서 영원히 사라질지도 모른다

>
아스라한 머리끝으로 들보가 올라가고
갈비뼈 닮은 서까래와 주심포도 조심스레 얹는다
마지막으로 맞배지붕에 기와를 올리니
중추신경을 오르내리던 통증이 조금 가벼워진다

부비동에 새벽이 오자 후투티도 집을 지으러 가고
달팽이관 저 너머에서 달팽이가 기어 나와
처마 깊숙이 태양 하나 걸어 놓고 간다

사과가 놓인 풍경

회전의자에 사과 한 개가 놓여 있다
의자를 돌리자 사과도 빙글빙글 돌아간다
원심력을 잃은 사과가 또르르 침대 위로 떨어진다
때아닌 우박으로 사과에 흠집이 나서 걱정이라는 뉴스가
TV 자막으로 흘러간다
퇴근한 아내가 사과를 째려보며 잔소리를 퍼붓는다
사과는 미동도 없이 때아닌 우박을 생각한다
벌겋게 달아오른 사과는 아내에게 사과도 받지 못한다
나는 저녁 대신 사과를 먹으려다 굶기로 한다

떨떠름한 맛이 나는 사과를 가방에 넣고 출근한다
지하철 속 사람들 틈새에 낀 사과는
어제의 푸르렀던 사과나무를 생각한다
사무실 책상에 사과를 동그랗게 올려놓는다
부장님이 다가와 사과를 쿡쿡 찔러 댄다
사과에서 육즙이 찔끔 새어 나온다
나는 남들 모르게 상처를 감싸 쥐고 주머니에 넣는다

퇴근길 골목에서 사과가 툭 떨어진다
지나가던 아이가 놀라서 발로 찬다

사과가 데굴데굴 하수구로 빠지려는 순간
재빨리 주워 들고 동네 이발관으로 간다
늙은 이발사가 녹슨 면도칼로 사과를 깎는다
거울 속 홀쭉해진 사과가 오만상을 찌푸린다
풋풋했던 사과 탱글탱글했던 사과는 어디 갔나
나는 의자에 앉아 꾸벅꾸벅 졸기 시작한다
어제를 잃고 떠도는 시간들이 빙글빙글 돌아간다

커튼 앞에서

암막에 핀 꽃은 박제된 향기를 품고 있다
어둠 속에서 향기를 피울 수 있다면
꽃잎들의 염원이 협곡처럼 요동치고 있다

뿌리 없이 피울 수 없는, 한 시절을 방황하고 있는 꽃들
줄기마다 주렁주렁 근심을 매달고 있다

유리 벽을 기어오르던 끈기는 삭정이처럼 바삭하다
뿌리란 내리지 않으면 뻗을 수 없는 법

스치면 맡을 수 있는 지상의 무수한 향기들
유리 벽은 얼마나 투명하기에 암막으로 막혀 있는 것일까

소망을 숨긴 촉수는
투명을 타고 미끄러지는 최후의 근심이다

손을 대면 바스러질 것 같은,
커튼은 얼마나 오랜 마법에 걸려 있는 것일까
저 덩굴손을 뻗어 지상 것들과 관계를 나눌 수만 있다면

\>

커튼을 걷자 한 시절을 유희하고 있는 지상의 꽃들
온갖 벙글거리는 유혹은 먼 시절에 지나간 풍문이다

벼랑 끝에선 암막의 꽃들은 이제 보이지 않는다
뿌리 내리지 않고는 피울 수 없는,
바삭거리는 잎사귀의 염원이 들린다

마법에 걸린 꽃 몽우리들 어둠 속에서 나를 보고 있다

보헤미안을 기다리는 저녁

오랑주리 카페에는 목이 긴 여인이 있어요
목을 빼 든 오렌지나무 유리 천장을 기웃거리고
화목난로 불길이 천상으로 가는 길을 묻고 있어요
발밑 비단잉어는 물길에서만 자유로워요

의자에 기대앉아 붉은 립스틱을 바르는 여인
기울어진 목을 거울 속에 늘어뜨리고 있어요
치렁한 스카프는 앞산 등성이에 집어 던지고
얼어붙은 호수 물은 검은 모자로 깨트리고 있어요
기러기는 식은 커피잔을 물고 어둠 속으로 날아가고요

신발을 벗어 던진 여인이 의자에서 몸을 일으켜요
맨발로는 유리 천장을 오를 수 없는데요
기울어진 목을 빳빳이 세우면 산등성을 넘을 수 있어요
턱을 괸 검지를 내리면 호수를 건널 수 있는데요

파리 자선병원*으로 가는 증기기관차를 타야 해요
누드 그림처럼 누운 그를 찾아가야 하는데요
화통처럼 헐떡이는 폐를 두 손으로 틀어막고
천국으로 가는 불길을 꺼야 하는데요

>
오지 않는 보헤미안을 기다려요
오렌지나무는 늘어지고 화목난로 허옇게 주저앉아요
비단잉어는 물길에서만 떠돌아요

오랑주리 카페에는 틀에 갇힌 여인이 있어요
가로막힌 천장을 바라보는 푸른 눈이 우묵해요
목 빠지게 기다리는 그녀의 시간이 길어요

* 파리 자선병원: 모딜리아니가 사망한 병원.

창밖의 모나리자

광희문光熙門 사거리 카페에 앉아 아메리카노를 마신다
창 너머 버스 정거장은 사람들을 내리고 싣는다
버스는 떠나고 그 자리에 모나리자가 서 있다

제 그림자에 기대어 여백처럼 웃는 모나리자
강을 건너온 물새처럼 푸드덕 물방울이 튄다
버스에서 내린 사람들은 저마다 짐을 지고
도시를 가로질러 어디론가 떠난다

모나리자는 손을 뻗어 푸른 하늘에다 눈썹달을 그린다
달 속에서 창백한 모나리자가 방아를 찧는다
빻아진 커피콩들이 절구통에서 푸드덕거린다
모나리자가 커피콩을 한 움큼 쥐고 허공에 흩뿌리자
거리는 순식간에 사막이 된다

　나는 버스 정거장을 내려다보며 사마르칸트로 가는 꿈을
꾼다
　아메리카노 쓴맛 같은 시절을 건너온 모나리자
　나는 그녀의 손을 잡고 사막을 건너 레기스탄광장*에 앉는다

\>

그녀는 내 어깨에 기대 청옥 같은 시절들을 이야기한다
붉은 모스크 뒤로 뜨거웠던 태양은 지고 사막여우가 운다
나는 눈썹달 같은 그녀의 창백한 얼굴을 오래도록 생각한다

* 레기스탄광장: 우즈베키스탄 사마르칸트에 있는 광장.

골목 읽기

사과를 반으로 쪼갠다
한쪽이 다른 쪽을 보고 웃는다
한 몸이 두 몸으로 갈라질 때 웃음은 처연하다
사과는 둘이 되고 넷이 되고 수천이 되고
더 이상 쪼갤 수 없는 무량의 조각이 된다

골목은 뿌리 없는 사과를 키운다
비켜선 빌딩의 그림자를 먹고 사과는 자라고
사과는 강이 되고 바다가 되고 별이 된다
조각난 사과를 들고 골목으로 들어간 사람들
찢어진 문틈을 노크한 별들을 감금한다

별들이 구천을 떠돌다 골목으로 쏟아진다
골목은 오래된 별들의 안식처
별빛은 기둥이 되고 벽이 되고 이불이 된다
한 조각의 사과를 들고 골목으로 들어간 사람들
벙커보다 견고한 집을 짓는다

사과는 둥글고 집은 완전하다
빌딩 숲을 조각낸 칼바람도

이 골목에서는 무뎌진다
골목은 낯선 주검마저 맨몸으로 끌어안는다

언덕 아래 잠들다

푸른 짐승 한 마리 한뎃잠을 자고 있다
후미진 골목길에 누워 깊은 잠에 빠져 있다

그의 각진 인상을 푸느라 햇살은 부산하고
찢어진 상처를 덮느라 담장 밑 장미 그늘은 바쁘다
조무래기 참새들이 쉴 새 없이
등짝 위를 들락거리는 동안
그는 꿈속의 하늘길을 달리고 있을 것이다
온종일 등을 짓누르던 무게를 내려놓고
빈 몸으로 취한 휴식은 달콤했을 것이다
때로는 질주 본능에 돌 세례를 받고
밤샘 먹이 사냥으로 비틀거리기도 했던
그러다가 네 다리가 동그랗게 변해 버린 짐승
방랑벽의 구름은 그의 짝이 되지 못했고
수다쟁이 새들은 그의 벗이 되지 못했다
만일 그의 몸뚱이가 다시 꿈틀거리기라도 하면
어떤 짐승도 그를 짓누르지 못할 것이지만
이제 골목은 막다르고 퇴로마저 없다

오물로 엉겨 있는 담장 밑,

빈 몸으로 숙면에 빠져 있는 1톤 트럭 한 대
꿈속에서도 직진 방향으로 핸들을 잡고 있다
방향을 정하지 못하는 것들은 평온하다
꿈을 접지 못한 욕망만이 불안하게
거친 도로를 정신없이 굴러가고 있다

살구꽃 판타지아

살구꽃 창문에 어른거린다
담장을 넘어오는 꽃향기 눈 속에 퍼 담는다
꽃잎 속에서 날개가 돋는다
검은 몸통이 자라고 털이 솟는다

재봉틀 잡은 조막손 가늘게 떨린다
부러진 바늘이 광목을 박음질한다
숟가락 위로 일렁이는 잔물결
언덕을 오르는 봄날의 기관차 소리

살구꽃을 보면 공손해진다
꽃 피는 시절의 기나긴 독수공방
창문에 어른거리는 실루엣 따라 나도 흔들린다

지난밤 당신은 내 꿈속에 살구꽃 한 짐 부려 놓고
흰 주름살 쓰다듬으며 강을 건너갔다
꽃잎은 강물 위로 떠가고 당신은 보이지 않는다

창호지 구멍 병풍으로 막는다
살구꽃 실루엣 창문에 흔들린다

길 잃은 나비는 병풍을 통과하지 못한다

조막손 잡고 아장아장 걸어가자던 당신
강물 위에 연분홍 꽃잎들만 반짝이고
해마다 살구꽃 팡팡 터지고 있다

투명 피라미

그는 투명한 비늘을 가졌어요. 어두운 물속에서도 몸속이 훤히 보이죠. 가끔은 물속 깊이며 물살을 가늠하는 뱃속의 풍선을 부풀려 수면 위로 얼굴을 내밀기도 하지요. 그는 캄캄한 강물 속에서도 제 속을 다 보여 준 유일한 존재예요. 평소 식성은 잡식성이지만 특식으로 유리구슬을 한 번 먹으면 대엿새는 배고프지 않대요.

물 밖 세상을 본 적 없는 물고기들은 강물만 믿고 살죠. 언제부턴가 강물 속에는 그의 뱃속을 염탐하는 놈들이 생겼어요. 그의 몸은 시리도록 투명해서 제아무리 수초 속에 숨겨도 속을 들켜 버리기 십상이죠. 어느 날 배스가 그의 출생 비밀을 조사한다는 소문도 들려왔어요.

물가 모래밭이며 돌 틈까지도 파헤쳤다는 소문이 온 강변에 파다해요. 강물을 거슬러 오르는 꼬리지느러미의 정보는 이미 배스의 큰 입속으로 넘어갔는걸요. 밤마실 다니기 좋아하는 꺽지가 풍선의 부력조차 도용한 걸 보면 녀석도 강물 밖 세상으로 야반도주할지도 몰라요. 성질머리 급한 쏘가리 녀석은 유리구슬을 단숨에 삼키고 영원히 배고프지 않은 세상을 살고 싶었나 봐요.

>

속을 다 들켜 버린 피라미가 쓸모없는 비늘을 털어 내고 있네요. 부력을 잃어버린 그의 뱃속은 이제 보여 줄 게 아무 것도 없어요. 어두운 강물만이 물안개를 당겨 덮고 그의 뱃속을 들여다보고 있어요. 투명이라는 이름자가 투망이 되어 돌아올 줄은 아무도 몰랐던 게지요.

삐에로호프

우울한 날은 머리카락을 길러야 해
길어진 머리카락에 하늘색을 칠하면 좋겠어
얼굴에는 분칠 대신 채송화씨를 뿌리고
오똑한 콧날에는 먹다 만 토마토를 심었으면 해

결박당한 웃음들이 간판마다 걸린 거리
사람들은 저마다 불빛을 선물로 받지만
두꺼운 너의 입술은 꿈쩍도 하지 않아
뾰족구두들 탭댄스 추며 거리로 나서고
너의 문지방을 넘나드는 시간이 왔어

너는 동공 속으로 한 무리 사내들을 불러들이고
철철 넘치도록 할인된 웃음을 따르지
거품 문 사내들이 금붕어처럼 입술을 실룩거리며
결박의 사슬을 풀고 있을 때 넌 기분이 어때

졸던 시침이 자세를 고치고
손님처럼 얌전하던 오징어가 동해를 다녀오는 동안
사내들은 눈과 입을 찢어 양 귀에 걸었잖아
점박이 옷에 줄무늬 스타킹을 한 네가

오늘 밤 파도를 타고 밤하늘로 오를지도 몰라

조심해

언젠간 이 밤도 생각 너머 사라질지도 몰라

욕망을 태우다

근원을 알 수 없는 아궁이 하나가
내 몸속에 터를 잡고 있어요
커다란 주둥이를 가진 욕망의 아궁이
너무 뜨거워서 손을 댈 수가 없어요
날마다 아궁이를 품고 잠을 자고 출근을 하죠

나는 세상 모든 욕망을 위해
쉬지 않고 아궁이에 불을 지펴요
당신의 피를 끓게 해 줄까요?
핏발선 두 눈 부릅뜨고 보세요
무지개 같은 연기가 피어오르고 있어요

그대는 나의 피를 데워 돌게 하고
그릇된 욕망에 불을 지피는 아궁이

욕망이 꾸역꾸역 불질하고 있어요
매운 연기가 신기루처럼 전신을 감싸고
나는 연신 눈물을 흘려요
조금만 참아요 더 뜨겁게 불을 지필게요

\>

욕망의 열기가 몸속 구석구석으로 퍼지고
아궁이 속 잉걸불이 타오르고 있어요

제2부

빈자리

이빨 한 개를 뽑았다
그냥 두면 성한 이도 뽑게 된다는 의사의 말,
충치도 없는 이는 흔들린다는 이유로 뽑혀 나갔다

세상에 흔들리지 않는 것이 어디 있는지
봄바람에 나뭇가지 흔들려야 꽃은 피고
마음이 흔들려야 사랑이 피는데
내 마음 심하게 흔들리던 적 있었다
오래도록 그 자리 아물지 못했다

늦은 저녁을 먹는다
이 빠진 빈자리로 한 사람이 들어와 씹힌다
잇몸이 아프다

혓바닥이 하루에도 몇 번씩
빈자리 핥고 지나간다

붕어 화석에 관한 고찰

붕어가 관 뚜껑을 열고 헤엄쳐 나온다
노란 붕어가 지느러미를 흔들며 거리를 유영한다
지느러미가 흔들리자 거리는 한순간 물길이 된다
물길이 거세지자 가로수가 뿌리째 뽑힌 채
연못 속으로 빨려 들어간다
거처를 잃은 새들도 날개를 접고 연못으로 뛰어든다
지느러미가 돋은 새들이 물속을 헤엄친다
거리에 늘어선 가게들이 종종걸음을 친다
진열대 안 마네킹들이 다리를 꼬고 앉아 화장을 한다
해장국집 창문들이 뼈다귀를 쏟으며 덜컹거린다
국숫집 처마들이 면발을 늘리며 거리를 측량한다
평수를 늘려 가던 부동산119가 계단을 급히 오르내린다
부활한 예수를 매단 교회들이 하늘에서 춤을 춘다
돋보기를 고쳐 쓴 안경점이 길을 읽는다
골절된 거리를 판독한 정형외과가 목발을 짚고 절뚝거린다
증권거래소가 지폐로 배를 만들어 사람들에게 나누어 준다
길을 잃은 자동차는 전속력으로 연못 속을 달린다
순찰차도 연못 속으로 빨려 들어간다
수초를 입은 사람들이 컴컴한 연못 속을 헤엄친다
집들이 연못 위에 둥둥 떠다닌다

행인을 잃은 가로등이 물가에서 저녁을 밝힌다
연못 속에서 저녁연기가 피어오른다
빵틀에서 나온 붕어들이 허기의 물바다를 누비며
어둠 속을 달음질치고 있다

팽팽한 간격

바람 없는 흰 하늘에 나비 한 마리 날고 있다
날개를 펄럭이며 옅은 바람을 모으고 있다
더듬이가 감지한 방향은 알 수 없으나
나비는 제 날개의 무게로 바람을 일으켜 균형을 잡고 있다
섬돌 위에 앉은 푸른 눈의 고양이
나비의 궤적을 추적하며 간격을 조절하고 있다
나비와 고양이의 팽팽한 간격 사이에서
고양이의 눈빛만이 불안하다
좀처럼 좁혀지지 않는 것들은 우울하다

섬돌 위에 앉아 하늘을 올려다보던 유년의 날들,
하늘에는 비행기가 흰 길을 만들며 지나가고 있었다
비행운을 따라가던 눈길이 무심코 나비를 보았다
나비의 날갯짓이 신작로 위로 피어나던 아지랑이인지
연못 위에 일렁이던 잔물결인지 나는 알 수 없었다
나비는 섬돌 위로 떨어지는 햇살들 사이를 날았고
나는 나비를 향해 팔을 뻗었으나 내 팔은 충분히 짧았다
나는 종종 나비를 타고 구름 위를 날아가는 꿈을 꾸었다
그런 날은 섬돌 아래 코를 박고 애꿎은 개미집만 후벼 댔다
손에 잡히지 않는 것들은 늘 가까이에 있다

\>

운보의 그림 고양이와 나비,

잡히지 않는 날개와 잡을 수 없는 푸른 눈

그들 사이에 간격만이 팽팽하다

맨드라미의 꿈

    파리바게뜨 앞 화분에 그가 산다. 늦여름 빵집 여자가 화분에 엉덩방아를 찧는 순간 그는 세상 밖으로 튀어나왔다. 그의 성장 속도는 느렸고 심한 일교차로 앓아누울 때도 많았다. 열병을 몇 차례 치르고서야 닭 볏 같은 얼굴을 부끄럽게 내밀었다. 빵집의 문이 열리면 빵 굽는 냄새가 고소하다. 빵집을 오가는 사람들은 그에게 눈길 한번 주지 않는다. 그의 외모는 사람들을 유혹하지 못한다. 그는 늘 외톨이다. 가끔 엄마의 손을 잡고 온 꼬마 손님이 툭 건드리기라도 하면 그는 출렁출렁 신이 나서 춤을 춘다. 빵집의 불빛은 화려하고 불빛은 별빛보다 아름답지 않지만, 그는 늘 창밖에 서서 진열된 빵들을 바라본다. 빵집에 불이 꺼지고 여자가 돌아갈 때면 그는 유리문을 깨고 쪼르르 달려가 크루아상, 소보로, 카스텔라, 슈크림빵, 찰깨빵을 콕콕 쪼아본다. 그러다가 아무도 몰래 자기의 모습을 본떠 만든 반죽을 오븐에다 넣고 노릇노릇 구워 보기도 한다. 밤새 구운 빵은 빵이 되기도 하고 꿈이 되기도 하고 슬프도록 빨간 꽃이 되기도 한다.

오래된 자전거

바람이 삐걱거리며 지나갑니다. 담장에 기댄 자전거가 바람 소리를 듣고 바퀴를 부풉니다.

허리를 곧추세운 햇살이 자전거를 밀어내자, 자전거는 들판으로 달려갑니다. 들판을 키우는 햇살을 등 뒤에 가만히 앉힙니다. 햇살에 그을린 오후를 해거름에 내려놓고 자전거는 골목길을 달립니다. 모퉁이에 핀 민들레가 홀씨를 터뜨립니다. 하늘이 노랗게 저뭅니다.

자전거가 페달을 힘차게 돌립니다. 페달이 돌아가자 녹슨 상처들이 일제히 약국으로 달려갑니다. 상처가 덧나면 먼 길을 갈 수 없습니다. 연고를 바른 상처에 흉터가 남습니다. 흉터는 훈장입니다. 어제의 훈장을 싣고 자전거는 잠시 기우뚱합니다.

일생을 함께 달리자던 남자는 먼 길을 떠났습니다. 앞산 너머 마파람에 전언을 보냈는데 기별이 없습니다.

담장에 비스듬히 기댄 자전거 위로 어둠이 내려앉습니다. 골목을 지키던 민들레는 혼자 시들어 갑니다.

은행나무 여관

오백 년을 살았다는 은행나무 한 그루
동구 밖에 서 있다
모진 풍상으로 군데군데 가지를 잃은 은행나무
내가 태어나기 수백 년 전
누군가 외딴 길가에
꼬챙이 같은 기둥 몇 박아 세웠을 초라한 여관 한 채
한때는 넉넉한 그늘을 드리워
지나가는 길손들의 지친 몸을 풀어 주었을,

나는 지나는 길에 차를 세우고 길손이 된다
문을 두드리자, 백발의 주인장이
허리춤을 올려 쥐고 짚신짝을 끌며 나온다
안으로 들어가니 가마꾼들이 배꼽을 드러낸 채
처마 아래 드러누웠고
댓돌 위에 꽃신이 가지런하다
주인장의 안내로 들어선 방 안에 벌렁 드러누워
목침을 베고 누우니 여관 문밖이 소란하다
길 잃은 선비가 하루를 묵고 가려는지
발 고린내가 풍겨온다

\>

내가 잠시 눈을 붙이고 있는 사이
하늘을 날던 자동차가 여관 앞에 멈추고
주인장은 또 짚신짝을 끌며 문을 나선다
나는 백 년 뒤 이 여관을 찾아올
또 다른 나를 위해 주섬주섬 여장을 꾸린다

병에 대한 오해

상가喪家 한구석 속이 훤히 보이는 냉장고가 떨고 있다
독기 품은 시퍼런 술병들
오와 열을 갖춘 채 보무도 당당하다
한 무리 문상객들이 들이닥치자
맨 앞줄에 선 병들 쨍그랑쨍그랑 나팔 불며 진군한다
전장엔 어느새 연기가 자욱하다
적들은 저마다 투명한 칼을 움켜쥐고 말들을 쏟아 낸다
지난 전투의 무용담을 신나게 늘어놓는 놈도 있다
여기저기 창검 부딪치는 소리가 울려 퍼진다
첨병들이 목구멍을 타고 적진 깊숙한 곳까지 침투하자
적들은 얼굴이 벌겋게 달아올라
알아들을 수도 없는 소리를 지르며 거세게 반항한다
개중에 힘 빠진 놈은 엉덩이를 쳐들고 줄행랑치고
새로 투입된 지원병들이 그 자리에 앉는다
독기를 품고 진군에 진군을 거듭하는 푸른 병사들,
밤새 일진일퇴 격전을 벌인다

망자 또한 언제부턴가 병들의 습격을 받았다
그들의 공격은 결코 하루도 멈추는 날이 없었다
시시때때로 밀려드는 병들의 계략에 두 손 들 수밖에 없었다

비우면 비울수록 수심도 깊어지는 병
밤새도록 푸른 병들은 한 치의 흐트러짐 없이
투명한 벙커를 지키고 있다

환승역

문상 가는 열차에서 설핏 잠이 들었는지
꿈결인 듯 안내 방송 들린다
고인 여러분, 안녕하십니까
고객이란 소리가 내 귀에는 고인으로 들린다

망자亡者를 가득 태운 열차가 저승을 향해 간다
옆자리의 젊은 여자는 어느 틈에 열차를 탔는지
세상의 끈 놓지 못하고 연신 문자를 보내고 있다
불같이 사랑했던 사람 변심을 눈치채고
홧김에 열차에 몸을 실었을까
건너편 노부부는 금슬이 좋기로서니
마지막 저승길까지 손잡고 가는 모양이다
출가 못한 자식이라도 있는지 한쪽 눈 파르르 떨린다
창밖 세상은 전생의 재생 영상
꽃 피고 눈비 내리던 계절이 한순간에 지나가는데
어디선가 아이의 울음소리 들려온다
세상 구경 온 지 몇 날이라고 또 다른 세상 구경 가는가

고인 여러분, 열차는 잠시 후 환승역에 도착합니다
천국으로 가실 고인은 다음 역에서 갈아타 주시고

지옥으로 가실 고인은 그 자리에 앉아 계시기 바랍니다
몇은 주섬주섬 여장을 꾸리고
몇은 일그러진 얼굴로 앉아 있는데
철커덕철커덕, 열차는 흔들리고
나는 엉거주춤, 엉거주춤,
또 다른 세상으로 들어서고 있다

한밤중에 그네 타기

밤이면 놀이터로 내려가 그네를 흔들어 깨워요
낮과는 다른 중력을 안고 그네는 시동을 걸죠
목적지를 말하지 않아도 그네는 속력을 내기 시작하고
후진 기어를 넣는가 싶더니 그대로 달려 나가요
바퀴도 목적지도 없는 그네가 나의 유일한 놀잇감이죠.

그네가 아파트 숲을 휙 돌아 허공으로 오르고
목줄을 쥔 옆집 여자가 애완견에 끌려 문을 나서고 있군요
피아노를 짊어진 위층 여자는 낑낑대며 주방을 요리하네요
그 아래층의 내 방 불빛도 희미하게 비치네요
거미가 망사 커튼을 치고 늦은 저녁상을 차리나 봐요
방의 주인이 바뀌어 버린 걸까요
난 거미랑 룸 쉐어링 계약을 하지 않았는데요

그네를 타기 시작한 다섯 살 무렵부터 그네는 알았을까요
내가 청년이 되면 밤에만 그네를 탄다는 사실을요
곰삭은 태양은 물러서 맛이 없어요
바람기 많은 구름은 애인이 될 수 없잖아요

그네가 갑자기 수직 상승을 시작하네요

캄캄한 하늘에 어릴 적 구슬들이 반짝이고 있어요
내가 갖고 싶던 구슬들은 주머니에 다 넣을 수가 없었어요
친구들이 하나둘 내 뒤를 따르는 걸 보면
아직도 야행성 친구들이 많나 봐요
흔들리는 꿈들이 세상에 파다하게 퍼진 걸까요

한바탕 밤하늘을 돌고 나면 기분은 최고가 되죠
이제는 흔들리지 않는 잠 속으로 돌아갈 시간이에요
하늘의 보석들은 점점 빛을 잃어 가네요
내 방의 거미를 내보내야 하는데 어쩌죠
거미는 내 방의 창문이 유일한 놀이터인 줄 아나 봐요

소실점 찾기

푸른 심장이 헐떡거린다
뒷걸음치는 숫자들이 가슴을 조여 오고
횡단보도 건너편 눈동자 하나 아른거린다

먼지를 일으키며 달려가던 신작로,

엇박자로 울던 매미는 가로수 그늘에서 숨죽이고
비틀거리던 자전거의 가는 신음이 들린다
더위 먹은 개울물의 흐느적거리는 소리
부채질에 지친 양버들이 늘어지는 시간이다

보폭은 참새의 걸음으로 종종거리고
나는 직진도 후진도 허락되지 않는 허수아비가 된다
단발과 까까머리 사이에서 하품하던 여름날의 오후,
종소리를 잡아먹은 먹구름도 이젠 울지 않는다

주춤거리던 횡단보도가 달려 나가고
심장을 조여 오던 눈동자 허공으로 흩어진다
자전거가 페달을 힘차게 돌린다
푸른 심장이 헐떡거리는 소리가 들린다

\>

나는 자꾸 눈을 비비고

횡단보도 건너편, 눈동자 하나 아른거리고 있다

아보카도 싹 틔우기

뿌리는 눈물처럼 길고 깊다

아보카도 한 개 배달되었다
발신자도 없는 이국의 생물이
긴 항해를 끝내고 초인종을 누른다

귀빈을 모시듯 머리를 조아리며
두 손으로 받아 든다

생채기 난 살갗을 더듬으며 소인을 찾았지만
누군가의 눈썹 같은 라벨만 붙어 있다

무뎌진 칼날로 과육을 발라내니
견고하던 그리움이 한순간 쏟아져 내린다

지도를 펼치자 태평양 너머 숲속에서
발아를 기다리는 네가 웅크리고 있다

종지에 물을 붓고 둥근 씨앗을 얹는다
헝클어진 타래에 감긴 너의 숲

싹을 틔우려면 몇 종지의 눈물이 필요할까

곡우 지나고 망종이 지나고
나의 눈빛은 엉킨 타래를 풀지 못하는데

너의 숲속 깊은 곳
눈물 먹은 나의 아보카도 한 개
거룩히 싹을 틔우고 있을 것이다

밤과 낮 사이

푹신한 소파에 앉아 오징어땅콩을 씹어요
오징어는 고소하고 땅콩은 짭짤합니다
봉지에 손을 넣자 오징어는 땅콩을 숨기고
먹물을 쏘며 도망칩니다
손등에 묻은 얼룩에서 파도 소리가 납니다

집어등 출렁거리는 밤배를 탑니다
붉게 코팅된 실장갑을 끼고요
땅콩을 숨긴 오징어를 잡으러 밤바다로 갑니다
인기척을 감추려 그림자를 숨깁니다
울렁거리는 집어등이 구토를 하고요
실장갑 안으로 모여든 어둠에 깜박 잠이 듭니다

밭둑을 내달리는 그림자가 보이고
그림자는 깊은 구덩이로 빨려 들어갑니다
허공에 손을 휘젓던 아이,
잠에서 깨어나니 얼룩이 묻어납니다
골목길에 비릿한 바다 내음이 흩어집니다

숨어 있던 불안을 데리고 밭으로 갑니다

단단해진 땅콩이 주렁주렁 올라옵니다
엄마 모르게 땅속에 수심을 묻습니다
아이는 비릿한 얼룩을 지우며
밭둑을 따라 걷습니다

허연 여명이 바다 위로 번집니다
오징어가 갑판에서 헐떡입니다
수평선 위로 태양이 불끈 솟아오릅니다

마지막 윙크

징검다리 같은 계절을 몇 번이나 건너왔지요
꽃가루와 황사가 숙명처럼 흩날리던
그 계절 어디쯤에서 당신을 놓아줍니다

흐느끼던 어깨 위로 햇살이 위로처럼 춤추었지요
이별은 환절기 감기 같은 흔한 증상이라며
붉은 밑줄을 죽 긋습니다

나는 지상의 풀꽃들을 사랑했고
당신은 밤하늘 별들을 동경했지요

편철된 묵은 웃음들을 야멸차게 찢습니다

미지로 떠나가는 당신을 바라만 봤지요
화성을 지나 목성을 향해 가고 있나요
지상을 유영하던 그날들은 잊어 주세요
얼어붙은 당신의 눈동자는 거두어 가세요

1만 광년쯤 멀어진 어느 별에서
당신의 마지막 얼굴을 돌려 윙크해 주세요

아득한 기억 너머
창백한 푸른 점* 하나 보이나요

눈앞에 어른거리던 당신의 표정이
토성의 고리처럼 빙글빙글 돌아가네요
타이탄의 얼음을 깬 손으로 내 얼굴을 만져 주세요

성간우주 어디쯤에서
뭇 기억들이 통통 튀어 오르거든
언약의 손가락으로 꾹 눌러 주세요

당신의 신호음이 멀어져 가네요
푸른 별의 정보가 기록된 골든 레코드 금박 위에서
보들레르의 시를 읽는 당신이 보입니다

* 천문학자 칼 세이건의 저서에서.

목각인형 홀로그래피

진열장 속에 팔다리를 구부린 목각인형이 있어요. 관절에 박힌 동심들이 진열장 가득 들어 있어요.

유리문에 얼굴을 갖다 대자, 피터 팬이 유령처럼 나타나 갈고리를 휘두릅니다. 깜짝 놀라 물러서니, 후크 선장이 절뚝거리며 걸어옵니다. 그의 의족에 걸린 노란 학원버스들이 줄줄이 바다로 던져집니다. 둥둥 떠다니던 버스들이 상어의 입속으로 빨려 들어갑니다.

목각인형의 팔을 구부리니, 팔꿈치에서 해리 포터가 미끄러져 내립니다. 학교로 달려간 해리 포터는 사이프러스 나무처럼 자랍니다. 나뭇가지로 마술 지팡이를 만들어 타고 놀이공원으로 날아갑니다. 롤러코스터에 걸린 책가방에서 책들이 쏟아져 허공으로 흩어집니다.

목을 비틀자, 고깔모자를 쓴 피노키오가 시장통으로 달려갑니다. 군중들 앞에서 피노키오는 노래를 부릅니다. '엄마 코는 납작코' 화가 난 엄마가 피노키오를 잡으러 달려갑니다. 피노키오의 코에 걸린 엄마의 잔소리가 치와와처럼 짖어 댑니다.

>

유리문 속에는 자라지 않는 목각인형이 있어요. 진열장 네버랜드에는 팅커벨을 기다리는 아이가 있어요.

꽃길

할머니와 증손녀가 볕 좋은 창가에 앉아 있다
창밖은 정월 바람이 매서운데
손녀 얼굴에 울긋불긋 꽃이 피어난다
눈썹 위 이마는 채송화밭이고
볼살에 드문드문 백목련 꽃망울 달았다

할머니 오물오물 바람처럼 중얼거린다
꽃가마 타고 시집오던 열일곱 살 봄날,
다섯 남매 숨소리로 모란 같은 꽃잎 피우며
살던 시절 읊조리는 것이다
초가삼간 숭숭한 사립문으로 숱한 사연들
뼈 마디마디 가시 박히던 날들

창밖은 정월 바람이 매서운데
할머니 얼굴에 거뭇거뭇 꽃이 피어난다
눈썹 위 이마는 검붉은 작약밭이고
볼살에 드문드문 자목련 꽃망울 달았다

머지않아 볕 좋은 날
할머니는 흰 버선을 신고
아장아장 꽃길 걸어갈 것이다

제3부

스테인드글라스

아무런 소리도 들리지 않았다
동굴 속 박쥐처럼 사방을 두리번거렸다
색색의 등을 대리석 벽에 붙였다
등을 타고 울리는 기괴한 소리들
발목 꺾인 낙타의 비명이 들렸다
낙타가 절룩거리며 모래 언덕을 넘는 동안
나는 사막 한가운데서 무릎을 꺾었다
부러진 비둘기의 날개와 밍크고래의 눈알들이
사막 가운데로 쏟아졌다
나는 뜨거워진 그림자를 사막에 묻었다
어둠 속에서 바람 소리가 들리고
바람이 이내 흐느낌이 되었을 때
누군가 나의 어깨를 두드렸다
천장에서 희미한 빛이 내리고 있었다
창살과 창살의 스펙트럼 사이로
밍크고래가 낙타를 태우고
쌕쌕, 바다를 헤엄치고 있었다

검투사

지상의 봄날은 결투의 계절이다. 추위 속에서 단단히 벼린 검을 뽑아 든 놈들, 누가 먼저랄 것도 없이 제각각의 방식으로 검을 뽑아 든다.

성질머리 급한 매화란 녀석이 먼저 검을 뽑는다. 이놈은 방패도 없이 검부터 뽑아 들고 추위도 가시지 않은 허공을 연신 찔러 댄다. 하늘이 찔끔 눈물을 흘린다.

순백의 칼날을 자랑하는 목련이란 녀석, 보란 듯이 검을 휘두르며 보무도 당당히 등장한다. 이놈은 칼날의 크기에 비해 검법은 허당이다. 햇살을 향해 몇 차례 검을 휘두르는가 싶더니 한바탕 지상이 낭자하다.

담장 밑에 숨어서 판세를 살피던 개나리란 녀석들, 이때다 싶어 황금빛 단검을 일제히 뽑아 들고 결투의 장으로 나선다. 놀란 참새들이 우르르 허공으로 날아오른다.

승기를 놓칠세라 온 산을 점령한 진달래 무리, 붉은 검을 앞세우며 진군을 시작한다. 이 붉은 무리를 이길 자 누구인가. 지상의 푸른 것들이 결투 태세를 갖추며 눈을 부릅뜨자, 슬금슬금 물러서는 저 붉은 것들.

화려한 검법들이 허공에 난무하는 동안 여기저기 쓰러지는 검투사들. 꽃들의 검투는 쉽게 끝나지 않는다. 아군과 적군이 따로 없는 일진일퇴의 숨 막히는 결전, 승자도 패자도 없는 저 처절한 결투.

끝말

주방 구석에 놓인 양파 하나가
여린 싹을 내밀고 있다
그늘과 적막이 혼재한 상자 속에서
마지막 전할 말이라도 있는 듯
혓바닥 같은 푸른 싹을 내밀고 있다

못다 한 말들은 제 안에 묻어 두고
어둠에 몸을 맡긴 채 껍질만 벗겨 내고 있다
길을 잃은 뿌리들은 갈 길을 멈칫거리고
창틈 찬바람에 온몸을 움츠리고 있다

말이 되지 못한 혀들이 허공에서 꿈틀거린다
겹겹이 두른 어둠에 귀를 갖다 대면
마른 입술에 묻어나던 소리를 들을 수 있을까
허망과 희망이 혼재한 병실에 떠돌던
그 많던 혀들은 어느 귓속으로 들어갔을까

말문을 닫은 지 반평생
마지막 숨을 몰아가던 아버지
눈물마저 말라 가고 있었다

\>

불안과 초조가 서성이던 지난날들
흔들리지 않으려 앙다문 입술 사이로
더운 입김은 새어 나가고
입속을 맴돌던 수천의 말을 가둔 채
끝내 전하지 못한 마지막 그 한마디

검은 비닐봉지

그의 방랑벽은 누구도 말리지 못하지
그의 몸에는 유목의 피가 흘러서
머무는 곳이 그의 집이 되기도 하지
처마 밑에서는 구름 이불을 덮고
가로수의 노래를 들으며 잠을 청하기도 하지
가끔은 근린공원 벤치를 주거지로 삼고
집을 나서는 단벌의 백수
그의 검은 외투는 언제나 광택으로 빛나지
좀처럼 속내를 드러내지 않는 그는
어디서 흘러왔는지 행적을 가늠하기 어렵지
그의 식성은 가리는 게 없어서
길거리에서 무엇이든 얻어먹기를 좋아하고
주점 근처에서는 코를 벌렁거리기도 하지
때로는 쭈글쭈글한 배를 잡고
폭식으로 토악질해서
사람들에게 망신당하기도 하지
그러나 그의 살갗은 한없이 여려서
조그마한 스침에도 쉽게 상처를 입지
거리의 화난 발길질에 차이기도 하고
난데없이 계단 모서리에 던져지기도 해서

그의 몸은 만신창이가 되기도 하지
버림받는 것에 익숙한 그는
쓰레기통 근처를 배회하기도 하는데
하늘에 매이지 않는 구름처럼
그는 재생을 꿈꾸며 또 길을 떠나지

캐비닛 속의 연가

그는 어느 귀퉁이에 서 있었지
흰 벽을 배경 삼아 버티고 선 당당함이
견실한 남자를 닮았다고 생각했지

내가 그의 몸을 더듬으며 들어가 누웠을 때
나는 태아처럼 편안했어
지상에 의지할 한 평 다락도 없었을 때
어둡고 차가운 몸뚱이를 그가 알아주었지

팔다리를 꼬거나 이마를 대고 누우면
비좁던 어둠도 천천히 평수를 늘려 갔지
그는 세상에서 가장 넉넉한 주인이 되었지

그의 품 안에서 익숙해진 고독을 견디면서
나는 애벌레처럼 우화를 기다리고 있었어
오랜 침묵과 끊어진 인연들은
나를 점점 순종의 계절로 넘기고 말았지

언제부턴가 그는 내 안의 올가미가 되어
나의 숨결마저 조이고 있었지

그러나 그는 여전히 귀퉁이에 서 있을 뿐

나는 캄캄한 어둠이 좋았지

골다공증 치유에 관한 사유

어머니가 사 온 사골 봉지 속 토막 난 뼈들이 불그레하다
찬물에 담고 핏기를 우려내자
퍼지는 핏물이 바람에 날리는 만장 행렬 같다
살점까지 다 발라 주고 형해만 남은 황소 한 마리
시린 물속에서 아른거린다

돌진하던 다리일까 산밭을 일구던 다리일까
뼈 토막을 곰솥에 담고 불을 댕긴다
서서히 달아오르는 모래판의 열기
주인의 모습이 멀리서 가물거린다
눈을 부라리며 또 한 마리의 황소가 돌진해 온다
두 개의 머리가 허공에서 부딪친다
쿵, 천둥이 친다 정신이 몽롱하다
핏대 세운 주인의 고함도 아득하다
순간, 몸을 벌떡 세우고 머리를 흔든다
마지막 힘을 토하며 모래판을 박찬다
으라차차, 솥뚜껑이 들썩인다
벌렁벌렁 콧김이 서린다
솥뚜껑을 타고 흐르는 뜨거운 눈물
밀고 밀리기를 몇 차례, 곰솥에 뿌연 국물이 고인다

>
태어나 처음으로 먹던 엄니의 뽀얀 젖
국물 우려낸 뼈들에 구멍이 숭숭하다
곧 찬바람이 불 것이다
어머니의 시린 뼛속에도 찬바람이 들이칠 것이다

모서리

십 년을 드나든 문지방 모서리가 닳아 있다
칠은 벗겨지고 나무의 속살이 아련하다
당신과 나를 이어 준 팽팽한 각이 허물어지고 있다
저 인연을 무디게 한 발자국들은 보이지 않는다

오래전 가슴 위로 발자국 하나 건너간 적 있었다
오월에도 꽃은 피지 않았고
길 잃은 짐승은 지붕 위에서 뒹굴었다
천둥을 품은 먹구름은 비를 쏟지 않았고
부리 잃은 백로는 저문 강을 건너갔다

나는 바람이 우는 소리를 들었다
화산을 오르는 조랑말의 투레질 소리인지
산사에서 흔들리는 풍경 소리인지
도무지 방향을 알 수 없는 젊은 날의 모퉁이에서였다

한 인연이 가슴에서 무뎌진다는 것은
수많은 발길질로 속살을 아리게 하는 일
나는 닫힌 문 앞에서 오랫동안 서성이고 있었다

봄날의 다이어트

홀라후프를 돌리는 중이었다
산책길 사람들이 흘깃거리든 말든
홀라후프를 허리에 걸치고 엉덩이를 씰룩거렸다
나무들 사이 집도 자동차도 함께 돌았다

아직도 소화가 덜 되었나 봐요
오래전 먹었던 파이가
여태껏 배꼽 근처에서 놀고 있었나 봐요
그녀도 홀라후프를 계속 돌리고 있을 거예요
같은 파이를 먹었거든요

홀라후프는 멈추지 않았다
공원의 나무들도 새들도 따라 돌았다
거실 소파에 누워서도 출근길 지하철에 앉아서도
홀라후프는 쉬지 않고 계속 돌았다
왼쪽 오른쪽 가릴 것 없이 엉덩이가 저렸다

벚꽃 나무 아래에 누웠다가 눈을 뜨자
만성 어지럼증을 몰고 온 홀라후프는 고장 나고
지난봄, 같이 파이를 먹었던
그녀의 안부가 궁금했다

블루 스카이

붉은색 노란색 온갖 색 마다하고
차가운 철판 위에 푸른색 칠을 한,
평생 부동자세로 앞만 바라보다 눈이 먼 대문
완고한 벽돌담을 고집처럼 끼고 있다

나는 견고한 것들을 부숴 버리고 싶었다
허물어진 틈으로 기어들어 가는 고양이가 되고 싶었다
마당을 들어서면 보이는 나팔꽃에 입 맞추고
붉은 대추를 남김없이 후려치고 싶었다
대청마루에 벌렁 누워 상량문의 내력을 판독하고
기와를 짊어진 굴곡진 서까래의 생애와
구멍 난 진흙 벽의 가계를 알고 싶었다
동굴 같은 안방을 지나고 미로 같은 건넌방을 지나
하늘 들여놓은 다락방도 보고 싶었다
뒤란의 나리꽃 전설도 알고 싶었다

푸른 대문은 끝내 열리지 않았다
그 집의 내력을 아는 이들도 점점 산으로 갔다
공룡 같은 사내가 밤마다 끙끙댄다는 소문만이
그 집의 내력을 말해 줄 뿐이었다

\>

대문의 빗장이 딱 한 번 열린 적이 있다
마당 가득 꽃들이 피어나던 봄날이었다
푸른색이 흰색으로 물들고 짓무른 동공이 확장되던 날
검은 리본 속에 꽃처럼 엎드린 하얀 얼굴들

풍설야귀인風雪夜歸人[*]

별빛이 보이지 않는 산중
쌓인 눈빛만이 길을 밝히고 있다
검둥개는 사립문 앞에서 짖는데
눈을 잃은 나무들은 그 소리를 보지 못한다
한번 길들여진 짐승은 목줄이 없어도 길을 나서지 못하고
길가의 나무들은 허리를 굽혀 길을 재촉한다

나무들은 천 년을 살아도 눈이 어두워
눈 밝은 새들을 품에 기르고
발이 묶인 새들 대신 산을 넘어온 바람이
바깥소식을 전하자
늦은 밤 온몸으로 안부를 받아적는 나무들

눈[目]을 잃고 눈보라 몰아치는 밤
사내는 지팡이를 끌고 아이는 머리를 동여매고
길을 나선 지 오래
눈길은 발목을 묶고 걸음을 허락하지 않는다

길들여진 짐승들이 돌아갈 곳 어디인가
골짜기를 돌아가면 헐거운 사립문

눈[目] 잃은 나무들과 얼어붙은 눈[雪] 사이에서
인정 없는 바람만이 거침없이 자유롭다

* 풍설야귀인風雪夜歸人: 조선 후기 화가 호생관 '최북'의 그림 제목.

이슬털기[*]

지나가는 바람을 불러세웠다
바람은 영문도 모른 채 멀뚱거리고
화단에 쪼그려 앉은 아이가 이슬을 보고 있다

이슬은 푸르고 풀잎은 고개를 숙이고
어젯밤 구름의 생각이 궁금해졌다
주름진 시간을 펴면 엉켜 버린 생각들이 활자로 타이핑될까
속량이라고 키보드를 두드린다

매일 햇볕을 파먹던 손이 숨었다
날은 저물고 어둠은 손을 찾고
별들은 어둠 뒤에 숨어서 긴 한숨을 쉬는데
여명이 다가오도록 손은 찾을 수 없다

화단에 앉은 아이는 잠이 들었다
이슬은 아이를 깨우지 않고
바람이 나무의 머리채를 흔들었다
안녕, 이라는 짧은 인사도 없이 별빛은 사라지고

아이가 구름을 벗고 잠에서 깨어난다

조막손이 풀잎을 만지고
풀잎은 말없이 머리를 조아리고
아이가 손을 뻗어 흙 한 줌을 쥐자
멀리서 북소리가 들린다

쑥물과 향 물과 맑은 물을 차례로 적시고
영혼말이에 비질한다

주문이 흐르고 구름이 흐느끼고 흰 고깔이 구름과 입맞
춤하고
　하늘에선 이슬비가 내리고,
　아이가 안녕, 이라고 인사를 한다

＊ 이슬털기: 진도 씻김굿의 한 절차.

낙하의 시간

원앙 한 마리 둥지에서 날갯짓하고 있어요. 두 다리를 웅 크렸다 펴자, 몸이 지상을 향해 날아가네요. 새끼 원앙에게 비행은 낙하의 다른 이름, 중력은 어떤 몸뚱이도 예외를 인 정하지 않나 봐요.

몸을 던진 시간은 얼마나 지났을까요. 어미가 돌아올 시 간이 되어 가는데요. 어치며 까치들이 출몰할 시간이 되어 가는데요. 새끼의 이른 비행으로 숲속은 한동안 잠잠하겠 군요.

원앙이 캄캄한 터널 안을 날고 있네요. 미처 빠져나가지 못한 원앙의 웅성거림만이 터널 안에 가득하네요. 터널을 빠져나가야 큰 강을 만날 수 있을 텐데요.

어치와 까치에게 벗어날 물갈퀴가 자라야 할 텐데요. 숲 속 외톨이 생활에서 어미는 유일한 동무였거든요. 어미에 게 자맥질은 언제 다 배울 수 있을까요.

지구가 새끼 원앙의 몸을 밀착시키는 시간은 언제일까 요. 몸뚱이가 땅바닥에 닿을 때쯤 구급차는 도착해 있을까요. 수사관은 증인을 찾으며 수사의 방향을 잡을까요.

어쩌죠, 그의 낙하를 증언해 줄 이는 입 다문 나무와 눈
먼 하늘과 귀를 닫은 바람밖에는 없는데요.

저기 터널 끝에 강이 보이네요. 강물에는 원앙 떼가 자
맥질하고 있군요.

새끼 원앙이 지상으로 몸을 던진 시간은 길었군요.

쿵, 지구의 표면이 소란하군요.

행성 대리 탈출기

노래방 천장에 매달린 조명등을 보면
면 우주에서 날아온 비행선 같다
붉고 푸른 광채를 뿜으며
빙글빙글 머리 위를 돌고 있는 비행선,

김 부장에게 어퍼컷 한 방을 얻어맞고 비틀거린 이 대리
연신 노래 책에 화풀이해 대고
아내의 따발총에 난사당한 박 대리는
암호 같은 번호판을 꾹꾹 눌러 댄다

외계인을 영접이라도 하듯
탬버린이 한바탕 허공에서 신명을 떨면
비행선의 문이 열리고 빛들은 현란한 춤을 춘다
뮤직비디오 스크린에 수많은 지상의 사연들이 지나가고
음정 박자도 맞지 않는 가락을 목청껏 뽑고 나면
탑승을 재촉하는 팡파르가 울린다

이 대리, 박 대리가 흐느적흐느적 늘어지는 시간
비행선의 문은 닫히고 불빛은 가물가물 멀어지고 있다

곡우 지나며

단비는 좀처럼 내리지 않았다 고비를 건너온 황사는 누
대에 걸쳐 다져진 앞마당에 슬픔으로 쌓여 갔다 대숲의 바
람도 이곳에서는 꼿꼿하게 숨죽인다 황혼으로 가는 도천댁
머리 위로 송홧가루 같은 적막이 내려앉는다

청보리 이삭이 호기심처럼 기웃거린다 앞마당에 흰나비
한 마리 어른거리며 지나간다 그녀의 논둑은 막아도 막아
도 물이 새 나갔다 복숭아꽃 만발한 아랫마을 수줍음 콩닥
거리던 스물두 해, 층층시하의 그날부터 그녀의 손등은 논
바닥처럼 갈라져 갔다 지아비를 앉힌 휠체어가 앞마당으로
미끄러지듯 들어온 날, 그녀는 섣달그믐을 지나온 삭정이
처럼 널브러졌다

죽순처럼 올라오는 근심들은 뚝 분질러 동구 밖 느티나
무 우듬지에 내다 걸었다 밭고랑 같은 세월을 몇 년이나 건
너갔다 반평생 병수발에 이골 난 그녀의 날들은 앞산 언덕
에 꼭꼭 묻어 두었다

앞마당에 꽃비가 내린다
흰나비 한 마리 빈 휠체어 위로 나풀거리며 지나간다

내일의 눈사람

너를 만나려면 놀이터가 좋겠지
하얀 목도리와 붉은 장갑을 낄 거야
차갑던 너도 붉은색을 보면 흔들릴지도 몰라

시소에 앉아 있던 꿈들은 집으로 돌아가고
그네와 그네 사이로 냉랭한 바람만 불고 있어
어둠이 미끄럼을 타는 동안 마주친 너는
오래된 연인처럼 눈망울이 빛났어

겨드랑이 사이로 서먹한 바람이 지나가고
남겨진 시간을 가늠하며 두 손을 호호 불 거야
내 몸속 뜨거움은 여전하지만, 네 앞에 서면 차가워져
하늘을 쳐다보며 나는 매일 물이 되는 꿈을 꿔

꿈쩍도 하지 않는 너를 살며시 끌어안으면
심장 저편에서 여울물 흐르는 소리가 들려
네 곁에 오래 머물 수 없는 것은
내 심장이 뜨겁기 때문이야

오래전 떨리던 나의 말들을 기억하니

너에게 닿지 않던 말들이 흘러갈 시간이야
예정된 이별이 그네처럼 흔들리고 있어
순백의 시간을 여울물에 띄워 보내면
녹아든 말들이 밤새 웅얼거리며 흘러갈 거야

바람이 어둠을 둘러업고 떠날 시간이야
나는 울지 않고 오래도록 여울물 소리를 듣고 싶어
우리가 더 이상 함께할 수 없는 것은
너의 심장이 차갑기 때문인지도 몰라

제4부

깃털

깃털 같은 그녀가 누워 있다
마른기침에 그녀의 몸이 흔들린다
모로 누운 등에는 날개의 흔적이 보이지 않는다
가늘고 짧은 숨소리는
숲에서 우는 호랑지빠귀 울음소리다

밤안개에 젖어 귀가하던 어미가 있었다
그의 발톱엔 늘 까만 달이 돋아 있었다
어깻죽지는 늘어지고 입술은 메말라 갔다
그런 날이 길어질수록 새끼들은 가랑잎처럼 함께 떨었다

숲속 바람은 깃털 같은 그녀를 들쳐업고
산등성을 넘어갈 것이다
세상에 허기진 어미들과 그 어미들의 족속들이 사는
갈매산으로 갈 것이다

죽음의 그림자가 가벼운 깃털처럼 누워 있다
병실 창밖 숲에서는 초록이 반짝이는데
호랑지빠귀 한 마리 신갈나무 숲에서 운다

라싸로 가는 길

자벌레 한 마리 허공에서 뚝 떨어지네
낭창한 걸음으로 어깨선을 따라 내 몸을 더듬고 있네

꽁무니를 치켜들자 몸이 활처럼 휘어지네
조준 없는 화살을 숲속으로 쏘아 대네

과육을 도려내던 날카로운 손이 화살을 피해 가네
상처 입은 성체는 아프고 칼을 잡은 손은 화려하네
비명이 죽비처럼 소리치네

주둥이를 치켜들자 몸은 천 길 사슬로 뻗어 나네
눈금 없는 사슬이 내 그림자를 친친 휘감네

심장을 쿡쿡 찔러대던 세 치 혀가 사슬을 끊고 있네
혀는 장검처럼 길고 선혈은 잉크처럼 검푸르네

욕망의 비계층을 핥으며 주둥이가 지나가네
한 겹씩 구워 대던 열판이 범종처럼 식어 가네

눈알의 깊이를 가늠하며 꽁무니가 뒤따르네

쇠못을 박으며 눈알들이 무간지옥으로 떨어지네

계戒를 받듯 두 손을 합장하네
오목한 자궁 속으로 묵은 청춘이 들어가 눕네

라싸로 가는 길은 멀고 광배는 산안개 속에 흐릿하네

갠지스

물의 영혼이 발목을 잡아당기고 있다
헐벗은 발이 강가를 향해 간다
관도 없는 몸뚱이가 몇 겹의 천에 쌓여
호명 없는 좁은 골목길을 지나간다

평생을 릭샤꾼으로 연명한 그의 고요가
남의 어깨를 빌려 호사를 부리며 간다
한 끼 목구멍을 위해 이리저리 뛰어다니던
그의 맨발이 50루피 지전처럼 하얗다

이승의 업보를 씻으러 뚜벅뚜벅 강으로 간다

끓어오르던 한 덩이의 욕망이
흰 연기로 피어오른다
살아서 꿈틀거리는 장작더미를 본다
전생도 저처럼 뜨거웠을까

멀리서 북소리가 울린다
제사장의 주문이 하늘로 퍼져 나간다
들러붙은 가난의 냄새가 허공으로 흩어진다

산발한 흰 재가 강물 위로 내려앉는다

멀리 떠나온 행자의 두 눈이 몽롱하다
강물은 행자의 번뇌마저 감싸안는다
내 보폭은 여전히 직각이다
꺾이지 않는 보폭은 업보다
잠수는 또 다른 숨의 연장이다

세렝게티 진화론

신생대를 거쳐 온 대평원에는 오랫동안 질서가 유지되었다. 어느 날부턴가 대평원에는 밤낮없이 천둥이 치고 붉은 비가 내렸다. 여기저기 물웅덩이가 생기고 붉은 빗물이 고여 갔다. 대평원의 짐승들은 붉은 물을 마시며 근근이 목숨을 이어 갔다. 나무들은 잎을 떨구고 뾰족한 가시만 밀어 올렸다. 풀들은 초록을 잃고 붉은 싹을 내밀었다.

날렵한 네 다리로 초원을 내달리던 얼룩말은 붉은 풀을 뜯더니 송곳니가 자라났고 갈기는 뾰족한 바늘로 덮여 갔다. 무리가 곧 생존이던 얼룩말은 서로에게 으르렁거리며 각자도생各自圖生의 영역을 구축해 갔다.

육중한 몸에 긴 코를 자랑하던 코끼리는 붉은 웅덩이에 진흙 목욕을 한 후 코는 점점 짧아지고 몸은 허약해져 갔다. 코가 자랑이던 코끼리는 납작코가 되어 평원 곳곳을 킁킁거리며 제병연명除病延命의 나날을 이어 갔다.

백수의 왕이라 불리던 평원의 사자는 붉은 물을 벌컥벌컥 마시더니 다리가 길어지고 송곳니가 빠져나갔다. 포효와 위엄은 간데없고 무리 지어 다니면서 얼룩말의 눈치나

보며 초근목피草根木皮로 목숨을 부지해 갔다.

8척 목에 긴 다리를 가진 기린은 나뭇가지 끝에 달린 뾰족한 가시를 날름거리며 먹더니 목과 다리가 점점 짧아졌다. 목이 곧 품격이던 기린은 짧은 네 다리로 이곳저곳 두리번거리며 무위도식無爲徒食의 생을 이어 갔다.

20만 년이 지나고 대평원에 단비가 내렸다. 목숨을 부지한 짐승들의 일부는 두 다리를 가진 짐승으로 진화했다. 그러나 그들의 DNA는 여전히 대물림되었다. 여전히 서로에게 으르렁거렸고 여전히 병마에 빌빌거렸으며 여전히 한 끼를 걱정하는 짐승으로 살았다. 그중에서도 가장 난놈은 여전히 놀고먹는 짐승들이었다.

족적의 본적

어머니가 벗어 놓은 양말 한 짝
구겨진 발 모양이 남아 있다
짓밟힌 발자국들을 헹구고 또 헹궈
굽은 몸속에 차곡차곡 쌓아 놓고 있다

산길을 오르고 돌밭을 걷던 힘으로
뱀눈 같은 구멍 하나 뚫어
조용히 허물의 시간을 보내고 있다

한 생애가 발바닥의 힘으로 살아왔듯이
온몸을 고스란히 떠받친 잔주름
계곡을 건너던 출렁임으로
바위를 뛰어넘던 위태로움으로
발바닥이 잊고 있던 기억을 더듬어
지나온 족적을 생각하고 있다

마음껏 밟고 비비고 주무르다
땀내에 질려 버린 발바닥이
숨구멍 하나 뚫어 놓아준 양말

\>

어머니는 잠결에도 양말을 기워 신고

험한 산길 걸어갈 것이다

떠 있는 우물

골목이 게으른 하품을 하고 있다
바람은 눈꺼풀 위에 내려앉고
졸음이 담쟁이넝쿨에 매달려 있다
아이는 돌부리에 차여 졸음을 쫓는다

끈적한 발바닥이 골목을 기웃거리는 동안
검은 고양이 어슬렁거리며 지나간다
양철지붕에 한바탕 소나기가 졸음을 때리자
질퍽해진 마당 물에 하품하던 입들이 둥둥 떠다닌다

까치발로 키를 늘려 가는 저녁
유행가를 태운 자전거가 아버지를 끌며 휘청거린다
두레박을 끌어 올리면 한가득 눈물이 떠 있고
둥근 테두리에 입술을 대면 무정란들이 슬어 있다

기억 속의 물 위에서 허우적거리는 아이,
푸른 하늘로 손을 뻗어 섬광을 만지작거린다

마르지 않는 가난의 땟국물이 사방으로 번진다
주렁주렁 올라오던 눈물이 낮달처럼 흩어진다

\>

골목 모퉁이에 서서 고요를 퍼 올리던 자리

그 깊은 시간 속으로 다시 두레박을 던진다

펄럭이는 인사

냄비 속의 국물이 끓는다
면발이 슬픔처럼 풀어진다
뜨거운 국물을 여기서 다 퍼 날라야 하는데

청승을 앞에 두고 포장마차에 앉아
냄비 속의 뜨거운 국물을 바라보고만 있어
쫄깃한 면발은 흔들리는 이빨로 끊을 수 없어

끝을 모르는 바닥으로 내달릴 때
깊은 바다에서 헤엄치는 물고기

더 잠길 수 없는 구덩이가 파이고
너희가 맞춰 놓은 알람이 울릴 때
늦은 밤 허우적거리는 물고기가 생각날까

국물은 식을 줄 모르고 끓고
동아줄처럼 엉킨 면발은 바다에 던져지는데
국물은 바다가 되고

떨군 고개가 펄럭이는 인사를 받던 날

한 생의 깃발이 저렇게 펄럭인 적 있었나

왜 나는 요란한 기계음에 매일 눈을 뜨지
당겨도 올라오지 않는 태양은 어디로 갔지
두통이 출렁이는 동안
시름은 깊이를 모르고 심해를 헤엄치고

사직서를 앞에 두고 고개 떨굴 때
천막에서 멀어져 가는 바닷소리

식어 가는 국물을 다시 덥혀도
시간은 다시 돌아오지 않는데
펄럭이는 천막에 빌붙은 먹태와 인사하는 저녁

어둠의 출처

어제의 태양을 물고 간 기러기는
아침이 되어도 돌아오지 않았어요
방 안에 갇힌 어둠을 유리그릇에 퍼 담아요
투명한 공간은 어둠을 숨길 수 없어요

어둠은 언제부터 어두운 곳에만 살았을까요
유리창에 맺힌 이슬로 목을 축이고
문틈 바람으로 숨을 쉬고 있었나 봐요
방바닥 먼지는 며칠 분의 양식일까요
몇 시에 잠을 자고 몇 시에 깨는지
묻지 않기로 했어요

나는 늘 어둠 속에서 혼자 놀아요
글루미 선데이*를 듣고 파우스트를 읽어요
어제는 악마와 계약했어요
젊어지는 약을 먹고 오늘을 살아 보기로 했죠
악마는 방 안에 갇힌 어둠을 이길 수 없어요

피아노 소리에 우울한 잠이 깼어요
커튼을 열어도 빛은 보이지 않고

계약은 종료되고 악마는 어둠에 졌나 봐요

어제의 태양을 물고 간 기러기는
오늘도 돌아오지 않아요
보일 듯 보이지 않는 오늘이
여전히 어둠 속에서 맴돌고 있어요
어둠에 갇힌 나는 어제의 어둠을 퍼담고 있어요

• 글루미 선데이: 헝가리 작곡가 셰레시 레죄의 곡.

감정을 드리블하다

내 머리 깊은 곳에 고슴도치 한 마리 살아요. 녀석이 몸을 돌돌 말면 축구공 같기도 하고, 사지를 뻗으면 방망이같이 늘어나기도 해요. 얌전히 다리를 접고 달팽이처럼 낮잠을 즐기다가도 내 머리통을 뻥뻥 차기도 해서 깜짝 놀랄 때가 한두 번이 아니에요.

녀석은 도대체 종잡을 수가 없어서 나도 어찌할 도리가 없어요. 어느 날부턴가 녀석이 나를 드리블하기 시작했어요. 왼발로 나를 살살 굴리면서 치고 나가기도 하고, 오른발로 빠르게 패스하기도 해요. 녀석이 나를 몰고 다니면 나는 신이 나서 데굴데굴 구르며 배꼽을 잡기도 하죠.

어느 날은 하늘 높이 나를 뻥 차올리는 바람에 나는 새처럼 날아오르며 탄성을 지르기도 했어요. 녀석이 마귀에 홀린 듯 야릇한 행동을 할 때가 있는데, 그때는 녀석의 몸이 방망이처럼 늘어나서 나를 사정없이 후려쳐요. 그러면 나는 영문도 모르게 차가운 콘크리트 바닥에 머리를 찧어요.

왼발 오른발로 나를 드리블하던 녀석이 시궁창으로 툭 차버리기라도 하면 나는 바람 빠진 공처럼 찌그러지죠. 가끔

녀석의 온몸에 소름이 돋을 때가 있는데 그때 나는 가시에
찔린 사자처럼 허공을 향해 울부짖기도 해요.

풋잠

밤마실 나갔던 까치가 돌아온 아침
밤새 방죽 길을 걸어온 개망초는 발목이 젖어 있고
별똥별을 수소문하고 돌아온 땡감들
가지 끝에서 졸고 있다

앞산이 햇살을 끌어당기자
잎들이 일제히 아우성을 치는데
눈곱을 떼지 못한 땡감들이 단꿈을 꾸는지
건넛마을 소식을 전하는 까치의 입방아에도 대꾸가 없다

땡감들이 바람에 몸을 맡기는 시간
떫떠름한 지난날을 삭히느라
기어오른 개미가 낯짝을 간질여도 소용이 없다

꿈결 속에도 땡감들은 서서히 몸집을 키워 갈 것이다
흔들리는 시간 깊이 적막을 들이고
온몸으로 밤이슬을 받아 내는 동안
탱글탱글 단내를 품을 것이다
저 졸음들 모여 단단하던 살들이 물러질 것이다
꼬장꼬장한 마음들 허물어질 것이다

>

지난밤 천 길 낭떠러지로 떨어지는 꿈을 꾼

땡감 몇은 이른 새벽 탯줄 끊고

앞산 너머 별똥별을 따라갔다고도 한다

바다를 업은 섬

파도를 업고 가면 수평선 끝에 닿을까
다도해를 노크하다 바다를 업은 섬 하나를 본다
빈 배들은 선착장에서 웅성거리고
붉은 등대는 눈을 감고 졸고 있다

빗장을 열고 갯바위로 발을 내딛자
졸음을 깬 등대가 길을 안내한다
숲을 지나던 바람은 멀뚱거리며 앞장서고
들꽃들은 머리를 들어 이방인을 맞는다

바다를 벗어나려는 안간힘을 파도가 덮는다
폭풍이 할퀴고 간 등 뒤로 동백은 피는데
절벽의 파편들 심해에 수장한 지 오래다

둥지 잃은 갈매기는 벼랑에서 괭이 소리를 내고
모래톱에 엎드린 물고기들 거품을 물고 있다

만선의 기억들 갯바위에 각인한다
난파된 등짝으로 오지 않는 연락선을 기다린 지 몇 해,
포구로 가는 항로에 긴 주름이 생겼다

\>

방파제 위 등대는 날마다 손짓하는데

뭍으로 가는 역사驛舍 바닥에 떠 있는 섬 하나

바다를 등에 업고 긴 표류 중이다

홈리스

밥상에 오른 풋고추에서
애벌레 한 마리 기어 나오고 있다
잘려 나간 토막 사이로 꼬물거리며
기어 나오고 있다

무너진 담장을 쌓아 올리고 싶은 것일까
부서진 지붕이라도 고치려는 것일까
굽은 등을 흐느적거리며 머리를 좌우로 흔들고 있다

갱도 같은 캄캄한 길 위에
평생 처음으로 장만했을 보금자리 한 채
한순간 억장이 무너져 내리고 있다

오래전, 객지를 떠돌던 몸이
도시의 불빛을 등지고 터벅터벅 홀로 돌아오면
캄캄한 빈방에 핏기 잃은 형광등이
허연 벽을 비추고

고단한 몸을 벽에 기대며 언젠가 가지게 될
무지갯빛 보금자리 생각한 적 있었다

훨훨 날아갈 흰 나비의 꿈을 꾼 적 있었다

그 꿈이 와르르 무너지고 있다
한 사내의 집이 허물어지고 있다

질주

레미콘이 도로 위를 달린다. 바위 같은 무게로 내 앞을 가로막는다. 아파트 문을 빠져나온 푸들이 컹컹 짖는다. 옆집 여자가 문을 열어젖히고 나온다. 푸들이 달린다. 곱슬 털을 휘날리며 달린다. 곱슬 털을 잡으려던 여자가 엉덩방아를 찧는다. 엉덩방아를 찧자 숨죽인 가로수들이 일제히 꽃을 피운다. 꽃향기에 취한 푸들이 몽롱하게 달린다.

커트 머리 여선생이 교실 문을 벌컥 열고 들어온다. 책상에 엎드려 코를 골던 아이가 벌떡 일어난다. 아이가 허공에다 여선생의 얼굴을 그린다. 삐딱해진 얼굴을 본 여선생이 허공으로 분필을 던진다. 분필이 날아가자, 아이의 책가방 속에서 명품 화장품이 쏟아진다. 화장품을 주우려 여선생이 정신없이 달린다.

사무실을 박차고 나온 김 대리가 공터에서 담배를 피운다. 연기를 허공에 흩뿌리자, 공원에는 라벤더 향기가 퍼진다. 인상 찌푸린 박 부장이 김 대리를 찾아 허둥댄다. 김 대리는 도망가고 박 부장은 허둥대고 쫓고 쫓기는 사이 벽시계가 6시를 가리킨다. 도로 위를 달리던 레미콘이 서둘러 가동을 멈춘다. 레미콘이 멈추자, 강아지도 사람도 모두 콘크리트 속으로 들어간다.

출산하다

무너진 돌담 너머 홍시 하나 달려 있다
탯줄 같은 가지 끝에 만삭의 몸 위태롭다
풀 무성한 마당에는 삶의 흔적 뒹구는데
저 몸 수태受胎시킨 사내는 어디로 갔는지
터질 듯한 배를 움켜쥐고 온종일 끙끙거리고 있다

낯선 이방의 거리를 종일 걷다 지친 사내는
빈 병처럼 쓰러져 어느 골목 모퉁이에서 잠들었는지
계절이 바뀌도록 소식이 없는데
눈치 없는 까치는 날마다 담장 밑에 와서 운다

산통産痛으로 혼자 울던 지난밤,
사내는 끝내 돌아오지 않고 여명이 밝는다
새벽별 눈을 껌벅인다
숲속 바람 숨을 멈춘다

철퍼덕
홍시가 떨어진다
어스름 새벽 땅에 갈기갈기 뿌려지는 살점들
저를 닮은 씨앗 한 알 세상으로 퉤 뱉는다

식후 30분

뱀 한 마리 동굴을 기어 나와
독기를 충전 중이다
갈라진 혓바닥으로 온도를 감지하며
냄새의 방향을 따라 대가리를 쳐들고 있다

기는 것은 구전된 그들만의 언어
감춰둔 발톱들은 때가 되면 본능처럼
날을 세울 것이다

충전을 끝낸 뱀이 벽을 기어오른다
금단의 열매는 맛이 있는데
암흑의 시간만큼 유혹도 간교해졌을 것이다

허기를 숨긴 뱀이 비늘을 세운다
가느다란 몸에서 잔물결이 일어난다
독의 분사는 빛처럼 빠르고 표적처럼 정확하다
요동치는 온몸이 고통으로 출렁인다

고통이 허물을 벗는다
통증 뒤의 시간은 길고도 평온하다

해 설

서정의 내력과 기억의 순도純度

유종인(시인)

꿈을 꿀 때 꿈의 내용은 선험적先驗的 몽상의 조합일까, 아니면 생시(lifetime)의 경험적 소산의 심리적 변용일까. 칼 구스타프 융Carl Gustav Jung은 주로 공동체적인 집단 무의식의 반영으로 사회적 개인의 꿈을 포괄하고 이해하는 점을 분석적으로 드러냈다. 그렇다면 사회적 개인과 더불어 일종의 단독자적 개인, 즉 사인성私人性의 취지가 더 있는 자아의 꿈은 얼마만 한 사회적 기억의 무의식과 어느 정도의 연결 고리가 있는 것일까. 다만 여기서 우리가 주목할 점은 병적이고 자폐적인 자아의 꿈의 징후와 보편적 사회인으로서의 자아의 꿈의 양상은 일정 부분 분리해서 바라볼 필요가 있다는 점이다. 그리고 그 정도의 차이나 심도深度가 다를 뿐으로 사회적 관계에서 얻어진 직간접적인 경험의 수량은 늘 무의식이든 기억에 일정한 잔량殘量을 유지한다고 볼 수 있다.

범박하게 꿈(dream)과 서정(lyricism)은 선험적인 것과 경험적인 것으로 일견 구분할 수도 있다. 그러나 다시금 헤아려 보면 서정의 선험성과 꿈의 경험성이 교차하듯 대두돼도 큰 무리가 없다. 즉 꿈의 서정성과 서정의 꿈은 시인의 시학(poetry) 속에서 상호 연쇄적이고 상보적相補的인 근친의 관계를 유지할 개연성이 농후하기 때문이다.

이중동 시인의 시는 여러 기억을 매개로 이 꿈과 서정성抒情性이 삼투작용滲透作用을 통해 정서적으로 결속되며 다양한 시적 내용물을 발생시킨다. 즉 선험적인 지향과 경험적인 성찰의 구도를 유지하면서 기억의 온건함과 꿈의 분방함을 재차 갈마들면서 현재적 자아의 서정적 뉘앙스를 도탑게 나름 입체적으로 개진한다.

　　한바탕 가을비가 지나간 날
　　철제대문 페인트 틈으로 비치는 녹물을 본다
　　빗물이 바람의 씨를 받아 꽃을 피운 것일까
　　늦가을 마른 꽃 같은 무늬가 생겼다
　　대문 사이사이 꽃들이 바람에 서걱거리고 있다

　　저문 들길을 걷다가 마른 쑥부쟁이꽃을 본 적 있다
　　향기 피워 낸 자리마다 쪼그라든 생을 붙잡고 있었다
　　잎과 잎이 빛과 바람을 들이고 낼 적마다

영겁永劫의 각질이 한 겹 한 겹 쌓여 가고 있었다
빛과 바람은 쑥부쟁이꽃을 쪼그라들게 한 욕망이다

팔순 아버지의 얼굴에도 마른 꽃이 피어 있다
하늘의 별들이 명멸하고
수심愁心이 비바람처럼 가슴속을 들락거리는 동안
거뭇거뭇 마른 꽃이 피어났다

대문에 번지는 저 녹물은 수심의 그늘
저물녘 새 한 마리가 마른 꽃을 쪼고 있다
저 새 또한 우주의 문밖을 통과한
시간이 피운 꽃의 잔상인지도 모른다
—「화문花紋」 전문

　이 시의 발화점發話點은 "철제대문 페인트 틈으로 비치
는 녹물"이다. 여기서부터 "마른 쑥부쟁이꽃"과 "팔순 아
버지의 얼굴"에 핀 "마른 꽃"이 수시로 갈마들고 연동連動되
는 이미지를 넘나든다. 그런데 이런 "녹물"의 이미지image
가 추동되는 시적 정황의 시작은 다름 아닌 "한바탕 가을비
가 지나간 날"이라는 시공간의 우연성과 필연성의 합작 같
은 데서 비롯된다. 물리적 파장이라면 꼭 커다란 것만을 지
칭할 것 같지만 사실 이 시편에서 '꽃무늬'의 원형(prototype)
은 이런 우연한 필연성必然性이 자아내는 소소한 "녹물"의
파문에서 발원한다. 갈라진 "페인트 틈으로 비치는 녹물"

이라는 사소하고 세밀한(detail) 발견에서부터 나름 소중하게 시작한다.

대개는 "녹물"이라고 하는 부정성의 소재가 꽃무늬 즉 "화문花紋"에 이르는 경로는 화자의 마음속에 사물의 일반적인 속성과는 또 다른 꿈의 눈길인 무의식적 겹의 시각이 개재돼 있어 가능해진 경우이다. 비록 소멸과 폐허의 징후를 드러내는 하나의 흔적으로 축소될 수 있을지언정 그것은 궁극적으로 "시간이 피운 꽃의 잔상"으로 나름 시인에게 오롯한 인상력을 회복하고 있다. 번진 녹물에서 꽃의 뉘앙스를 추출하는 것은 생각처럼 쉬운 일이 아니다. 우연히 눈길이 갔을 녹물의 인상에 스러져 가는 것들의 "잔상"이 겹쳐지면서 존재와 사물의 숙명적 여로旅路를 겹쳐 헤아려 보는 시인의 숙연한 심성이 틔워 낸 일종의 심화心花일 수도 있다.

모든 존재는 본원적인 원형에서 출발해 나름의 개성적 맥락脈絡을 창출하다 "수심의 그늘"을 안은 채 스스로의 잔약한 잔상을 남기며 사라진다. 이는 생성과 융성과 쇠퇴와 소멸이라는 이 우주 안에서 예외일 수 없는 모든 존재 대상의 생물학적 순환의 경과가 법칙처럼 작용하고 있음을 은연중에 전제하기도 한다. 그럼에도 부정적인 소재 대상을 긍정적인 이미지로 바꿔 보는 시인의 끌밋한 시각은 단순한 이미지나 인상을 넘어서려는 나름의 전환(turnover)의 심성을 가늠케 한다.

퇴근한 아내가 사과를 째려보며 잔소리를 퍼붓는다

사과는 미동도 없이 때아닌 우박을 생각한다
벌겋게 달아오른 사과는 아내에게 사과도 받지 못한다
나는 저녁 대신 사과를 먹으려다 굶기로 한다

떨떠름한 맛이 나는 사과를 가방에 넣고 출근한다
지하철 속 사람들 틈새에 낀 사과는
어제의 푸르렀던 사과나무를 생각한다
사무실 책상에 사과를 동그랗게 올려놓는다
부장님이 다가와 사과를 쿡쿡 찔러 댄다
사과에서 육즙이 찔끔 새어 나온다
나는 남들 모르게 상처를 감싸 쥐고 주머니에 넣는다

퇴근길 골목에서 사과가 툭 떨어진다
지나가던 아이가 놀라서 발로 찬다
사과가 데굴데굴 하수구로 빠지려는 순간
재빨리 주워 들고 동네 이발관으로 간다
늙은 이발사가 녹슨 면도칼로 사과를 깎는다
거울 속 홀쭉해진 사과가 오만상을 찌푸린다
풋풋했던 사과 탱글탱글했던 사과는 어디 갔나
나는 의자에 앉아 꾸벅꾸벅 졸기 시작한다
어제를 잃고 떠도는 시간들이 빙글빙글 돌아간다
　　　　　　　　　　　　—「사과가 놓인 풍경」부분

사과라고 하는 감정적 대리물 혹은 객관화된 심리적 상

관물은 마치 화자를 따라다니는 또 다른 비인칭의 페르소나 persona로 활달하게 전이傳移돼 있다. 그런데 여기서 한 가지 의문점이 고개를 든다. 화자는 굳이 왜 자신의 감정이나 인식을 직접 애기하지 않고 사과라고 하는 대리물을 설정해 시적 전개를 시도한 것일까 하는 의문 말이다. 이는 "나는 남들 모르게 상처를 감싸 쥐고 주머니에 넣는" 사과라고 하는 시적 상관물相關物을 통해 존재의 내면을 일정한 거리를 두고 관조하려는 시적 욕망의 소산이지 싶다. 즉 사물의 이동적 동선에 적합한 화자의 심리적 취향이 "사과"라고 하는 대상과 자연스레 어울리듯 부합했다고 볼 수 있다.

이런 페르소나 사과가 보여 줄 수 있는 다양하고 디테일한 물리적 정황은 일상적인 언어로는 표현 불가능한 심리적 측면까지 나름 오밀조밀하게 부각시키는 장점을 가지고 있다. 예로 "사과가 데굴데굴 하수구로 빠지려는 순간/ 재빨리 주워 들고 동네 이발관"으로 가는데 "늙은 이발사가 녹슨 면도칼로 사과를 깎는" 장면은 사뭇 애니메이션을 보는 듯한 흥미를 유발한다. 그런데 이런 활물화活物化된 장면은 어느 순간 "탱글탱글했던 사과는 어디 갔나/ 나는 의자에 앉아 꾸벅꾸벅 졸기 시작"하는 실제 화자로 전환되고 "어제를 잃고 떠도는 시간들이 빙글빙글 돌아"가는 자아의 심리로 환원되기에 이른다. 페르소나인 사과와 현실의 자아가 서로 내면적 확장과 인상력印象力을 발휘하는 나름 절묘한 결합을 보여 주고 있다. 즉 비유(analogy)의 차원과 현실(actuality)의 차원이 언어적 빙의憑依를 통해 서로 갈마드는 지경의 흥미로운 면모를 연쇄적으로 양산한다.

　　모나리자는 손을 뻗어 푸른 하늘에다 눈썹달을 그린다
　　달 속에서 창백한 모나리자가 방아를 찧는다
　　빻아진 커피콩들이 절구통에서 푸드덕거린다
　　모나리자가 커피콩을 한 움큼 쥐고 허공에 흩뿌리자
　　거리는 순식간에 사막이 된다

　　나는 버스 정거장을 내려다보며 사마르칸트로 가는 꿈
　을 꾼다
　　아메리카노 쓴맛 같은 시절을 건너온 모나리자
　　나는 그녀의 손을 잡고 사막을 건너 레기스탄광장에 앉는다

　　그녀는 내 어깨에 기대 청옥 같은 시절들을 이야기한다
　　붉은 모스크 뒤로 뜨거웠던 태양은 지고 사막여우가 운다
　　나는 눈썹달 같은 그녀의 창백한 얼굴을 오래도록 생
　각한다
　　　　　　　　　　　　　　　　—「창밖의 모나리자」 부분

　　모나리자는 그림 속의 모델인데 이 모델은 자기 주관을
따로 갖고 있다. 아니 화자는 이 모나리자로부터 내면적 지
향과 의지를 양도받은 듯 모나리자의 외적 움직임의 동선
(line of flow)을 일정 부분 주관하기에 이른다. 마치 꿈속의
극장에 화자라고 하는 극단주가 섭외한 배우 모나리자에게

어느 정도 색다른 연기의 모션을 연출하듯 주문한 것만 같다. 그런데 여기서 흥미로운 지점은 바로 이 "꿈"이라고 하는 현실적 정체성(identity)에 있다. 일반적인 꿈이 가지는 실현 불가능성이나 허황됨을 생각할 때 이 시편에서의 꿈은 여행이라고 하는 매개적 행위를 통해서 얼마든지 실행되고 실현될 수 있는 현실적 혹은 현재적 가능성으로 탐지되곤 한다. 즉 실제냐 몽상이냐 하는 이분법적인 구도로는 헤아릴 수 없는 존재의 내밀한 심리적 진행을 도드라지듯 용출涌出하는 장면 속에 꿈은 어느 순간 현실의 뉘앙스nuance라는 의상을 걸치게 된다.

그러므로 이 "꿈"의 서사(narration)는 일종의 잠재된 실행이거나 잠시 유보된 현실일 따름이다. 언뜻 보면 "모나리자"는 시적 정황 속에 활성을 얻고 있지만 온전히 시인과의 일체를 이루는 페르소나로 보기엔 어딘가 버성기는 측면도 있다. 그러나 그림 속의 평면적 모나리자가 아닌 어느새 "창밖의 모나리자"로 운신의 폭을 넓힌 지점에서 화자와 모나리자는 자주 서로의 행동반경이 겹칠 수 있음을 예감한다. 이는 곧 "사마르칸트로 가는 꿈"을 현실에 적시려는 시인의 의도와도 그리 멀지 않은 지점의 잠재된(potential) 현실로 함께 겹쳐질 그런 현실의 꿈(계획)이 된다. 그 둘은 어쩌면 서로가 하나 된 눈길로 "사막여우가" 우는 소리를 함께 들을 수 있을지도 모른다. 이는 다층의 꿈이 현실의 동선 중의 하나임을 예시하는 대목이기도 하다.

지느러미가 돋은 새들이 물속을 헤엄친다

거리에 늘어선 가게들이 종종걸음을 친다

진열대 안 마네킹들이 다리를 꼬고 앉아 화장을 한다

해장국집 창문들이 뼈다귀를 쏟으며 덜컹거린다

국숫집 처마들이 면발을 늘리며 거리를 측량한다

평수를 늘려 가던 부동산119가 계단을 급히 오르내린다

부활한 예수를 매단 교회들이 하늘에서 춤을 춘다

돋보기를 고쳐 쓴 안경점이 길을 읽는다

골절된 거리를 판독한 정형외과가 목발을 짚고 절뚝거린다

증권거래소가 지폐로 배를 만들어 사람들에게 나누어 준다

길을 잃은 자동차는 전속력으로 연못 속을 달린다

순찰차도 연못 속으로 빨려 들어간다

수초를 입은 사람들이 컴컴한 연못 속을 헤엄친다

집들이 연못 위에 둥둥 떠다닌다

행인을 잃은 가로등이 물가에서 저녁을 밝힌다

연못 속에서 저녁연기가 피어오른다

빵틀에서 나온 붕어들이 허기의 물바다를 누비며

어둠 속을 달음질치고 있다

—「붕어 화석에 관한 고찰」 부분

대상 사물은 이제 마치 마르크 샤갈Marc Chagall의 그림
속 오브제들처럼 현실적 동선動線의 규제 아래 있지 않다.
꿈결 같은 일탈의 움직임이 분방하게 피어난다고도 볼 수
있다. 개개의 사물이나 숨탄것들은 그 자신의 본래적 기능

이나 규율적 관습의 몸짓을 굳이 재현해 내지 않아도 된다. 그것은 "부활한 예수를 매단 교회들이 하늘에서 춤을" 추고 "돋보기를 고쳐 쓴 안경점이 길을 읽는" 세속적 인습이나 동기動機라는 목적성에 굳이 부합하지 않는 자율성을 창조하기에 이른다.

그런데 여기서 간과看過하면 안 되는 사실은, 시인은 시 속에 등장하는 여러 사물이나 대상물들이 그간에 현실적 제약과 관습의 요구 속에 살아왔던 나름의 존재들이라는 사실이다. 그 각각의 사물이나 존재들은 어쩌면 당연한 현실적 관습의 행태를 살아왔지만, 그것이 결코 만족과 자유라는 본원적인 향유享有 속의 상태는 아니었다. 어쩌면 이중동 시인은 이런 시 속에 표면적으로 드러나지 않는 전제된 관습적 행태로부터의 사물의 해방(emancipation)이라는 점을 무엇보다 염두에 두고 그 자유로운 몽상을 활발히 전개하여 선사한다. 그러니까 드러난 자유로운 일탈의 행각이 지닌 상상의 파노라마 자체도 흥미롭다. 그러면서도 그런 상상의 활발한 전개라 할 수 있는 사물의 자율성(autonomy)을 반대급부로 일궈 낸 현실적 제약의 형태들을 암묵적으로 복기復碁하는 수순도 놓칠 수 없는 곁들임이 아닐 수 없다.

시인의 이런 사물에 대한 자유로운 방임, 즉 사물의 자율성은 본원적으로는 시인 자신의 꿈과 기억의 순수성에 기초하고 있는 것처럼 보인다. 다양한 층위의 기억은 시간의 파괴력이나 소멸의 징후를 견디고 화자가 오롯이 자신의 정서적 정체성(identity)을 견인하는 부분으로 시간의 흐름 속에 현실 속의 꿈으로 몸을 바꾸기도 한다. 그것은 현실과의 부조화를 견디며 "어둠 속을 달음질치"는 일이면서 동시에 화자의 오롯한 속종을 찾아가는 자기 발견의 루틴이기도 하다.

> 강물은 마르고 우기는 오지 않았다
> 더 오를 수도 없는 강의 끝에는
> 조련사의 호각 소리가 그녀를 기다리고 있었다
> 바다로 향하는 길은 보이지 않았다
> 이제 그녀가 보내는 음파는 누구도 알아듣지 못한다
> 다시는 바다로 돌아갈 수 없는 향수 때문에
> 그녀의 몸은 노을빛으로 변해 가고 있다
>
> ─「분홍돌고래」 부분

그러나 현실 속에서 자기 발견 혹은 자아 발견이라는 진면목을 찾아가기란 때로 지난한 과정이 된다. 현실 속에서 불가능성이 지닌 부작위不作爲 때문에 화자에게 일어나는 일종의 가역반응(reversible reaction)은 역설적이게도 이 시편에선 새로운 진경珍景을 이뤄 내기도 한다. 모든 순조로운 일들의 순행順行만이 존재의 정체성을 확정하는 것이 아니라 "강물은 마르고 우기는 오지 않"고 또한 "바다로 향하는 길은 보이지 않"기에 "그녀가 보내는 음파는 누구도 알아듣지 못"하는 무용지물의 난처가 되곤 한다. 그런데 아이러니하게도 그러한 난감한 상황의 지속 때문에 "그녀의 몸은 노을빛으로 변해 가"는 다른 돌고래와는 구분되는 정체성을 확

보하게 된다. 아마도 "분홍돌고래" 역시 그런 외견상의 아름다운 몸빛이나 끌밋한 색채를 발현하는 동인動因을 화자는 이런 어려움과 역경逆境 속에서 꿈이라고 하는 웅숭깊은 희망과 존재의 선망을 포기하지 않은 데서 새뜻하게 찾고 있는 듯하다.

동물의 피부색 하나에서도 나름의 서정적 내력來歷을 찾아내는 이중동 시인은 숨탄것의 외적 현황과 내적 서사(story)의 결합이 지닌 자연물自然物의 조응과 변화를 유추하는 순발력 있는 눈썰미를 드러낸다. 아름다움의 미적美的 요소엔 간난고초가 관여하고 있다는 오래된 에피그램epigram이 이 시편의 내적 동력이기도 한 것이다. 그 동력의 심리적 구체가 여기서는 바로 "향수"이다. 이 향수는 시인의 현실적 복잡다단함 속에서 많은 기억의 편린들을 다시 불러내는 동력으로 작용한다.

섬돌 위에 앉아 하늘을 올려다보던 유년의 날들,
하늘에는 비행기가 흰 길을 만들며 지나가고 있었다
비행운을 따라가던 눈길이 무심코 나비를 보았다
나비의 날갯짓이 신작로 위로 피어나던 아지랑이인지
연못 위에 일렁이던 잔물결인지 나는 알 수 없었다
나비는 섬돌 위로 떨어지는 햇살들 사이를 날았고
나는 나비를 향해 팔을 뻗었으나 내 팔은 충분히 짧았다
나는 종종 나비를 타고 구름 위를 날아가는 꿈을 꾸었다
그런 날은 섬돌 아래 코를 박고 애꿎은 개미집만 후벼 댔다

손에 잡히지 않는 것들은 늘 가까이에 있다

운보의 그림 고양이와 나비,
잡히지 않는 날개와 잡을 수 없는 푸른 눈
그들 사이에 간격만이 팽팽하다
　　　　　　　　　　　　　　　—「팽팽한 간격」 부분

이 시편을 톺아보고 있자면, 시간의 파괴력은 오히려 시
간의 회생력과 재구성(recompositon)으로 작용하는 양가적인
측면이 내재해 있음을 실감한다. 앞서 향수(nostalgia)는 단순
한 회고적 취향을 슬쩍 넘어서 화자의 심리적 편향과 맑은
취향을 돋아 내는 눈길을 드러내는 감정인데 이 감정의 저
편 기억에는 "비행운을 따라가던 눈길이 무심코 나비를 보"
는 또 다른 자아의 순정한 눈길이 있음을 재장구치게 한다.
"팽팽한"이라는 형용사는 여기서 단순한 수식이 아니라
존재의 기억과 인상이라는 환기력이 어떻게 시간의 흐름
과 격절 속에서 작동하는가를 밝히는 주요한 대목이 아닐
수 없다. 거기에 "간격"은 사물과 존재의 개별성을 나름대
로 긴장감 있게 견인하는 시공간의 뉘앙스nuance를 드러내
는 기제機制의 역할을 한다. 즉 현실이라는 시공간과 기억
의 시공간 사이의 차이는 "간격"이라는 일반적인 개념을 유
지하지만, 그것이 화자에 의해 유의미한 요소를 향해 "팔을
뻗었"을 때 그 기억은 "팽팽한" 시적 정황으로 담지擔持되기
에 이른다.

유년의 인상적인 고즈넉한 한 장면의 기억과 동양화가 운보雲甫 김기창金基昶의 그림은 순정한 기억(remembrance)의 만남과 공유라는 시와 그림의 오랜 친연성이 환기되는 대목이기도 하다. 이처럼 이중동 시인에게 있어 기억은 단순히 축적된 개인적 정보의 한계 속에서 도드라지는 존재의 끌밋한 파노라마를 연출하기 위한 서정의 내력이 필사된 코덱스codex이기도 하다.

> 망자 또한 언제부턴가 병들의 습격을 받았다
> 그들의 공격은 결코 하루도 멈추는 날이 없었다
> 시시때때로 밀려드는 병들의 계략에 두 손 들 수밖에 없었다
> 비우면 비울수록 수심도 깊어지는 병
> 밤새도록 푸른 병들은 한 치의 흐트러짐 없이
> 투명한 벙커를 지키고 있다
>
> ―「병에 대한 오해」 부분

이렇듯 시인이라는 존재는 서정적 요소와 서사적 요소의 혼재 속에 삶의 깊이와 넓이를 변주해 나간다. 그런데 이런 삶과 마찬가지로 죽음에 이르러서도 삶의 현황이 오버랩되고 있다는 시인의 직관력은 새삼 놀라움을 자아내게 한다. 바로 "망자 또한 언제부턴가 병들의 습격을 받"는다는 진술 속에 그 함축성이 들어 있다. 여기서 "병(甁/病)"은 중의적인 상태를 포괄하는데 하나는 기명器皿의 일종이요 또 하나는 신체적 징후로서의 질병을 함의含意한다.

삶 속에서 행해지는 습벽이나 징후들이 죽음의 관점에서도 위험이나 "병들의 습격"으로 비춰진다는 것은 생사生死를 일방적으로 나누어 격절隔絕시키지 않고 양가적인 관점에서 들여다보는 입체적인 시각이 아닐 수 없다. 이는 삶의 병증의 깊이를 죽음으로까지 끌어들여 그 심각성을 강조시키는 일종의 수사법 중의 하나일 수도 있다. 하지만 그것보다 "비우면 비울수록 수심도 깊어지는 병"이 함의하는 삶에의 남다른 성찰의 구문構文이 아닐 수 없다. 보통 세속의 경문經文들은 "비우면 비울수록" 트여 가는 이치를 설說할 법도 한데 이 시인의 시에서는 그 관계마저 슬그머니 돌파해 버린 상황적 아이러니irony를 보여 주는 흥미가 여실하다.

> 집을 나서는 단벌의 백수
> 그의 검은 외투는 언제나 광택으로 빛나지
> 좀처럼 속내를 드러내지 않는 그는
> 어디서 흘러왔는지 행적을 가늠하기 어렵지
> 그의 식성은 가리는 게 없어서
> 길거리에서 무엇이든 얻어먹기를 좋아하고
> 주점 근처에서는 코를 벌렁거리기도 하지
> 때로는 쭈글쭈글한 배를 잡고
> 폭식으로 토악질해서
> 사람들에게 망신당하기도 하지
> 그러나 그의 살갗은 한없이 여려서
> 조그마한 스침에도 쉽게 상처를 입지

거리의 화난 발길질에 차이기도 하고
난데없이 계단 모서리에 던져지기도 해서
그의 몸은 만신창이가 되기도 하지
버림받는 것에 익숙한 그는
쓰레기통 근처를 배회하기도 하는데
하늘에 매이지 않는 구름처럼
그는 재생을 꿈꾸며 또 길을 떠나지

　　　　　　　　　　　　　—「검은 비닐봉지」 부분

　"검은 비닐봉지"를 의인화擬人化시킨 이 시편은 서정적 눈
썰미가 간파한 일상의 서사적인 유추와 상상을 보여 준다.
그리고 이 유추와 상상은 실제적인 대상이 지닌 이면사裏面
史를 더 풍성하고 더 사실적인 것으로 외연(extension)을 확
장한다. 즉 그는 "가리는 게 없"는 "폭식으로 토악질"까지
하는 식탐의 존재로 캐릭터화되며 거기에 그치지 않고 "그
의 살갗은 한없이 여려서/ 조그마한 스침에도 쉽게 상처를
입"는 섬약한 측면도 가지고 있다. 더구나 그는 그리 환영만
받는 존재가 아닌 탓에 소외의 굴레를 쉬 벗을 수 없는 "만
신창이"의 천덕꾸러기에 들기도 한다. 단순한 의인화의 차
원에서뿐만 아니라 사물의 존재를 사람의 입체성 속에 대입
시킴으로써 사회적 개인의 면모를 톺아보고 있는 점은 유의
미한 설정이 아닐 수 없다.
　여기서 이중동 시인이 시적 대상을 바라보는 흥미로운 지
점은, 그의 기억들이 가진 꿈이 주로 과거의 계열 속에 소

박한 회고의 지향을 지녔다면 이 시편 속에서는 미래를 향한 꿈의 전진을 도모하고 있다는 사실이다. 비루하고 열악한 현실의 개체이자 부속물인 "검은 비닐봉지"는 수난을 겪는 루저의 생태임에도 주체적 꿈의 지향을 쉬 포기하지 않는다. 여기서 화자의 오롯한 생의 의지는 여러 난관과 난처를 통과하며 하나의 사물의 최종적인 의미를 재확인하기에 이른다. 그것은 다름 아닌 "재생再生"을 위한 꿈이다. 이는 소중하고 종요로운 덕목으로 그의 시관詩觀 속에서 유의미하게 작용한다.

주둥이를 치켜들자 몸은 천 길 사슬로 뻗어 나네
눈금 없는 사슬이 내 그림자를 친친 휘감네

심장을 쿡쿡 찔러대던 세 치 혀가 사슬을 끊고 있네
혀는 장검처럼 길고 선혈은 잉크처럼 검푸르네

욕망의 비계층을 핥으며 주둥이가 지나가네
한 겹씩 구워 대던 열판이 범종처럼 식어 가네

눈알의 깊이를 가늠하며 꽁무니가 뒤따르네
쇠못을 박으며 눈알들이 무간지옥으로 떨어지네

계戒를 받듯 두 손을 합장하네
오목한 자궁 속으로 묵은 청춘이 들어가 눕네

라싸로 가는 길은 멀고 광배는 산안개 속에 흐릿하네

　　　　　　　　　　—「라싸로 가는 길」 부분

　시인에게 있어 삶의 여정旅程은 시의 여정(journey)과 일정
부분 그 궤軌를 같이한다. 그리고 그런 시의 여정은 존재의
안팎을 살피고 깨달아 가는 "천 길 사슬로 뻗어" 있는 지난
한 과정이기도 하다. 여기에 안이한 깨달음과 순조로운 도
달의 지경은 쉽게 찾아오지 않는다. 왜냐하면 "욕망의 비계
층"은 넓고 두텁기 때문이며 "눈알의 깊이를 가늠하"는 것
조차 직관의 눈썰미라기엔 어딘가 미급하여 "쇠못을 박으
며" 그 "무간지옥으로 떨어지"는 지경에 이르기도 한다. 이
런 지난한 과정의 여파와 혼란을 통과하면서 화자가 불러
보고 싶은 말은 과연 무엇일까. 그것은 다름 아닌 범박하지
만 순정한 "꿈"이 허락하는 한에 있어서의 자기 본성本性의
천진무구를 방기하지 않는 것이다. 그래서 화자는 만년 그
꿈을 엿보고 품고 조금씩 그 꿈을 현실 속에 틔워 보고자 하
는 "묵은 청춘"이 아닐까.
　비록 우리네 삶이 "라싸로 가는 길"처럼 아득히 "멀고" 그
성취하고자 하는 심신의 지극한 경지인 숭엄한 "광배光背"
는 "산안개 속에 흐릿하"니 가려져 있어도 말이다. 그 "가
는 길"을 소중히 닦고 걷고 되새기는 일이 그 여행의 도달
점인 "라싸"보다 더 종요로운 대목일 수도 있다. 결과보다
과정이 지닌 진체眞體에 더 주목하는 생이 여기 진설돼 있기
때문이다. 그런 가운데 기억 속에 간직한 꿈의 순도純度는

현실 속에서 일정한 회복력(recuperative power)을 가지게 된
다. 그런 의미에서 도착점이나 결과는 과정이라는 육체와
정신을 길러 내는 일종의 견인차(tow car)인 것이다. 꼭 라싸
가 아니더라도 그곳이 동네 인근의 아직 가 보지 않은 평범
한 이웃 동네라도 과정의 개념은 훼손되지 않는다.

> 까치발로 키를 늘려 가는 저녁
> 유행가를 태운 자전거가 아버지를 끌며 휘청거린다
> 두레박을 끌어 올리면 한가득 눈물이 떠 있고
> 둥근 테두리에 입술을 대면 무정란들이 슬어 있다
>
> 기억 속의 물 위에서 허우적거리는 아이,
> 푸른 하늘로 손을 뻗어 섬광을 만지작거린다
>
> 마르지 않는 가난의 땟국물이 사방으로 번진다
> 주렁주렁 올라오던 눈물이 낮달처럼 흩어진다
>
> 골목 모퉁이에 서서 고요를 퍼 올리던 자리
> 그 깊은 시간 속으로 다시 두레박을 던진다
> —「떠 있는 우물」부분

시인은 아직도 기억과 현실 사이에서 "까치발로 키를 늘
려 가는" 존재이다. 그것은 현실에 정연하고 수려한 "꿈"
의 도래샘을 대고 서정의 내력을 통해 존재의 활성(vitality)

을 도모하는 존재이다. 비록 기억의 "두레박을 끌어 올리면 한가득 눈물이 떠 있고" 또 "입술을 대면 무정란들이 슬어 있"지만 그럼에도 불구하고 "푸른 하늘로 손을 뻗어 섬광을 만지작거"리는 예지叡智에 몸과 맘이 기꺼이 들려 있는 존재이다.

제목이 함의하는 "떠 있는 우물"은 단순히 부유하는 꿈의 이미지나 기억의 덧없음에 한정된 이미지지만이 아니라 여전히 소통하는 기억들과 유의미한 꿈들의 이미저리imagery로 기능하기에 이른다.

그 존재를 아프고 몬존하게 했음에도 시인은 분명 미약한 존재를 냅뜰성 있는 심연으로 길러 냈던 자연의 순리적 활성과 공동체적 기억, 순정한 사랑의 면모 등이 있음을 긍정적으로 환기하는 데 주저하지 않는다. 이중동에게 이 모든 과거의 순도(degree of purity) 높은 기억은 꿈이라는 시적詩的 합성물로 여전히 유의미한 현재를 돈독하게 길러 내고 다감한 서정인抒情人으로 시인의 현실을 여는 데 다각적으로 기여한다. 비록에 "마르지 않는 가난의 뗏국물이 사방으로 번진다" 해도 우리는 결코 당장에 비루해지거나 존재 자체로 열악해지지는 않는다. 그것은 시인이 그간의 삶이 돋워 준 서정의 내력으로 온축蘊蓄해 온 정서적 힘의 바탕에 놓여 있기 때문이며 더불어 그 힘의 바탕 중의 하나인 견실한 꿈의 현실적 자생력을 시인 자신이 믿고 있기 때문이다.